1911 Novembre 24

VENTE
Des 24, 25 et 27 Novembre 1911
HOTEL DROUOT, SALLE N° 11
A DEUX HEURES

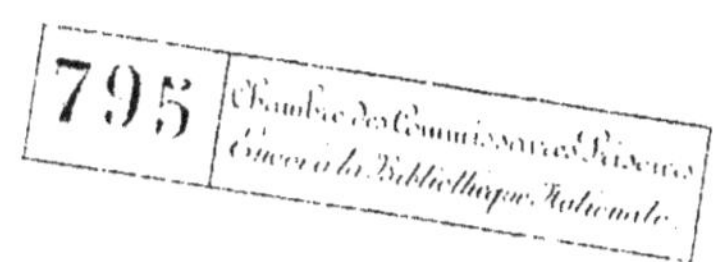

EXPOSITION PUBLIQUE
Le Jeudi 23 Novembre 1911
De 1 h. 1/2 à 6 h.

DESSINS, TABLEAUX

ESTAMPES

LIVRES ANCIENS

PORCELAINES & FAIENCES

Miniatures, Objets divers

ARGENTERIE, GLACES EN BOIS DORÉ

MEUBLES ANCIENS

Le tout provenant de la Collection de feu M. T...

COMMISSAIRE-PRISEUR
Me A. LE RICQUE

EXPERTS
MM. PAULME & B. LASQUIN Fils
M. JULES MEYNIAL

CATALOGUE

DE

Dessins, Tableaux

ESTAMPES

LIVRES ANCIENS

PORCELAINES ET FAIENCES

OBJETS DE VITRINE

Miniatures

OBJETS DIVERS

ARGENTERIE

GLACES EN BOIS DORÉ, MEUBLES ANCIENS

Le tout provenant de la Collection de feu M. T...

Dont la Vente aux Enchères publiques aura lieu

HOTEL DROUOT, SALLE N° 11

LES VENDREDI 24, SAMEDI 25 ET LUNDI 27 NOVEMBRE 1911

à deux heures

COMMISSAIRE-PRISEUR

Me A. LE RICQUE, 59, rue du Rocher

EXPERTS

MM. PAULME & B. LASQUIN Fils
10, rue Chauchat | 11, r. Grange-Batelière

M. JULES MEYNIAL
30, boulevard Haussmann

EXPOSITION PUBLIQUE

Le Jeudi 23 Novembre 1911, de 1 h. 1/2 à 6 h.

CONDITIONS DE LA VENTE

Elle sera faite au comptant.

Les adjudicataires paieront *dix pour cent* en sus des enchères.

L'exposition mettant le public à même de se rendre compte de l'état et de la nature des objets, il ne sera admis aucune réclamation, une fois l'adjudication prononcée.

N. B. — Les mesures portées au Catalogue ne sont données qu'à titre d'indication approximative.

ORDRE DES VACATIONS

LE VENDREDI 24 NOVEMBRE 1911

Livres.	Nos 287 à 387
Estampes	187 à 221

LE SAMEDI 25 NOVEMBRE 1911

Estampes.	Nos 1 à 186

LE LUNDI 27 NOVEMBRE 1911

Dessins et Tableaux	Nos 222 à 286
Curiosités	388 à 422

Paris. — Imp. de l'Art, Ch. Berger, 41, rue de la Victoire.

DÉSIGNATION

ESTAMPES

CARICATURES, PORTRAITS

LITHOGRAPHIES

1 — **Adresses,** Invitations, Timbres et Médailles.

Adresse de Briceau, orfèvre, 1709. — De Larcher, papetier. 1756. — Invitations pour le mariage du Dauphin, 1745-1747, 2 p. — *Ex libris*, de Philippe Dudouet. — Timbres et Médailles de la Révolution, 1789, 17 p. découpées et montées. — Vases, par Hauer, cah. B., 4 p. — Ens. 26 pièces.

2 — **Affiche** de l'Académie Royale de Musique, 1789. Encadrée.

Affiche annonçant la remise, au 17 mars 1789, de la première représentation d'*Aspasie*, et le spectacle, jeudi 12 et vendredi 13 du même mois.

ALIX (P.-M.)

3 — Chœur de Filles Israélites, d'après Chéry, impr. en couleurs.

AUBRY (Et.)

4 — Les Adieux de la Nourrice, grav. par de Launay.

5 — La Demande acceptée, grav. par de Launay.

Épreuve à l'état d'eau-forte.

BARBIERS (P.) et **KUYPER** (J.)

6 — Salle de Concert à Amsterdam, gr. par Van der Meer et Vinkeles, in-folio en larg.

BAUDOUIN

7 — Le Coucher de la Mariée, gravé à l'eau-forte, par Moreau, et terminé par Simonet A. P. D. R. Encadré.

8 — L'Enlèvement nocturne, gravé par N. Ponce. A Paris, chez l'Auteur, graveur ordinaire du cabinet de M. le Comte d'Artois, de l'Académie Royale des Sciences, etc., rue Saint-Hyacinthe, n° 19. Encadré. Mouillures.

9 — Le Modèle honnête, gravé à l'eau-forte, par J.-M. Moreau le Jeune, et terminé par Simonet. Belle épreuve encadrée.

BEAUMONT (Édouard de)

10 — Lithographies extraites du *Charivari*. 900 pièces.

BELLA (Stef. della)

11 — Paysages, Marines et sujets divers. 19 pièces.

BERGHEM

12 — Le Bal. Johannes Vischer, *fecit*. J. Danckerts, *excudit*. Encadré.

BOILLY (J.)

13 — Le Cabaret, en larg.

BOILLY (J.)

14 — Les Jouets du Jour de l'An. — L'Économie politique. Ens. 2 pièces.

15 — Joueurs de Billes, lithog. de Delpech, épr. coloriée. Encadrée.

16 — La Main Chaude, en larg., pet. marges.

17 — Tu saurais ma pensée, gravé par Petit. Belle épreuve encadrée.

BONNINGTON

18 — Calais, Dieppe, 2 p. gr. par G. Reeve, en couleur. 4 p. diverses, dont 3, d'après Reynolds, épr. sur papier de Chine. Ens. 6 pièces.

BREVETS ET PASSEPORT

19 — Congé absolu pour insubordination d'un soldat des Fédérés Nationaux, 1793. — Certificat de présence sous les drapeaux, section des Gardes Françaises, 1793. — Passeport (en blanc) délivré par l'Ambassadeur de la République Française, près la Sublime-Porte, vignette. — Brevet pour le port de la décoration accordée à la Garde Nationale de Paris, par Charles-Philippe de France, Monsieur, Comte d'Artois (Brevet en blanc). 5 pièces.

BUNBURY (H.)

20 — Billiards, gr. p. Watson. — A College gate, gr. p. Watson. — Johnson's pedestrian Hobbyhorse Riding School. 3 pièces.

CALLOT (Jacques)

21 — Les Misères et M lheurs de la Guerre, représentez par Jacques Callot. Et mis en lumière par Israel son amy. Paris, 1633. 18 pièces, suite complète. En deuxième état.

22 — Les Bohemiens, suite complète de 4 pl. 2e état, et 8 pièces diverses. Ens. 12 pièces. Bonnes épreuves.

23 — Sujets divers, 65 pièces, réimpr.

CARICATURES

24 — Garde à vous ! n° 14. La Dame soufflée. — La Parisienne de 1816. — Les Signalements, pl. 5, etc. 13 pièces.

CARICATURES ANGLAISES

25 — Les Cerises. — The First Night of my Wedding. — Flannel Armour-female patriotism. — Matrimony. — The Death of Marie-Antoinette, etc. 20 pièces.

26 — Caricatures grav. par Woodward. 11 pièces.

CHAM

27 — Lithographies extraites du *Charivari*. 321 pièces.

CHARLET

28 — L'Aumône (R.), belle épr. avant la légende. — Garde Nationale de Paris, Grenadier (grande tenue). — Comme Flûte, je suis avant Tulou, épr. sur pap. de Chine. — Sergent ! conservons nos distances ! épr. avant le numéro. — Route de Saint-Jean-Pied-de-Port, épr. avant le numéro. — Le Moulin de Jemmapes. — Napoléon disait !... un instant les voisins ! épr. avant le numéro. Ens. 7 pièces, dont 2 courtes de marg.

CHARLET

29 — La Mort du Cuirassier, lithog. de Lasteyrie, épr. sans marg., raccommodage. — Le Laboureur nourrit le soldat. — Elle a le cœur français, l'ancienne. — Études à l'estompe, 7 p. — 25 p. diverses. Ens. 35 pièces, plusieurs sans marg.

30 — Lithographies diverses, 46 pièces.

CLAVAREAU (A.-F.)

31 — La Leçon de musique, grav. originale, en haut., mouillures.

COSTUMES

32 — Desrais. Élégant du siècle. — Costume parisien, 4 p. — Modes de Paris, 5 p. — 10 pièces costumes d'homme.

33 — Arquebusiers, XVIIe siècle, 16 p. — Costumes divers, par de Gheyn, 17 p. Ens. 33 pièces.

COCHIN (C.-L.)

34 — Décoration de la Salle de spectacle construite dans le manège de la Grande-Écurie, à Versailles, pour la représentation de *La Princesse de Navarre*, comédie-ballet donnée à l'occasion du mariage de Louis, Dauphin de France, avec Marie-Thérèse, d'Espagne, le 23 février 1745, in-plano en haut. Encadré.

DAUMIER

Les pièces suivantes sont les Lithographies publiées dans *Le Charivari*. En feuilles avec la légende.

35 — Actualités. 58 pièces.

DAUMIER

36 — Les Alarmistes et les Alarmés, 4 p. — Les Amis, 8 p. — Les Annonces, 5 p. — Les Artistes, 4 p. — Les Avocats et les Plaideurs, 4 p. — Les Banqueteurs, 5 p. — Bohémiens de Paris, 9 p. Ens. 39 pièces.

37 — Les Baigneurs, 22 p. — Les Baigneuses, 10 p. Ens. 32 pièces.

38 — Les Bas-Bleus, 23 p. — 8 p. diverses. Ens. 31 pièces.

39 — Les Beaux Jours de la Vie, 71 pièces.

40 — Les Bons Bourgeois, 59 pièces.

41 — Les Canotiers Parisiens, 6 p. — Les Chemins de fer, 8 p. — Les Comédiens de société, 16 p. Ens. 30 pièces.

42 — Caricaturiana. Robert Macaire, 1re série, 19 p. — 2e série, 8 p. — Scènes parisiennes, 4 p. — Types parisiens, 10 p. Ens. 41 pièces.

43 — Les Carottes, 5 p. — La Chasse, 3 p. — Croquis aquatiques, 4 p. — Croquis musicaux, 14 p. — 8 pièces diverses. Ens. 34 pièces.

44 — Croquis d'expressions, 47 pièces dont 3 sans légende.

45 — Croquis parisiens, 16 p. — Le Chapitre des interprétations, 5 p. — Coquetterie, 9 p. — Cours d'Histoire naturelle, 4 p. Ens. 34 pièces.

DAUMIER

46 — Doubles Faces, 6 p. (série complète.) — Les Divorceuses, 6 p. (série compl.) — Portraits-Charges, 6 p. — Caricatures politiques div., 10 p. — 18 p. diverses. Ens. 46 pièces.

47 — Émotions parisiennes, 33 pièces.

48 — Les Gens de justice, 24 p. — Locataires et Propriétaires, 25 p. — 3 pièces diverses. Ens. 52 pièces.

49 — Histoire ancienne, 50 pièces (sur 51).

50 — Idylles parlementaires, 8 p. — L'Imagination, 11 p. — Les Femmes socialistes, 10 p. (complet.) — Enfantillages, 6 p. (complet.) — Les Étrangers à Paris, 9 p. — Monomanes, 6 p. Ens. 50 pièces.

51 — La Journée du Célibataire, 12 p. (complet.) — Mœurs conjugales, 39 p. Ens. 51 pièces.

52 — Les Papas, 17 p. — Les Parisiens, 5 p. — Les Parisiens en 1848, 2 p. — Paris qui boit, 3 p. — Les Parisiens en 1852, 8 p. — Profils contemporains, 4 p. — Proverbes et Maximes, 11 p. Ens. 50 pièces.

53 — Pastorales, 34 p. — Physionomie de l'Assemblée, 27 p. Ens. 61 pièces.
Déchirures à deux pièces des *Pastorales*.

54 — Les Philantrophes du Jour, 23 p. — Professeurs et Moutards, 23 p. Ens. 46 pièces.

55 — Les Représentans représentés. — Assemblée constituante, 33 p. — Assemblées législatives, 25 p. Ens. 58 pièces.

DAUMIER

56 — Scènes grotesques, 6 p. — Scènes d'ateliers, 4 p. — Silhouettes, 4 p. — Souvenirs du Congrès de la Paix, 5 p. — Voyage en Chine, 21 p. — Vulgarités, 3 p. — 12 pièces diverses. Ens. 55 pièces.

57 — Tout ce qu'on voudra, 54 pièces.

58 — La Tragédie, 3 p. — Physionomies tragiques, 5 p. Physionomies tragico-classiques, 11 p. — Le Public du Salon, 7 p. — Quand on a du guignon, 8 p. Ens 34 pièces.

(*Fin des pièces du* Charivari.)

---

59 — Actualités, nos 14 et 32, 2 p. en coul. — Bal de la Cour, nos 2, 4, 5 et 6, ces deux derniers en coul., 4 p. — Fantaisies. Promenade du Bœuf gras. — Histoire ancienne, nos 13, 14 et 18, 3 p. en coul. — La Pêche, nos 1 et 2, 2 p. — Proverbes de famille, nos 1 et 2, 2 p. — Robert Macaire, 2e série, no 16, en coul. — Vulgarités, no 9, en coul. Ens. 16 pièces, dont 9 coloriées.

60 — La Caricature, no 203, pl. 425 — no 204, pl. 427 — no 206, pl. 431 — no 207, pl. 433 — no 209, pl. 436. (Moderne Galilée. Et pourtant elle marche) no 215, pl. 448 — no 217, pl. 452 — nos 219, pl. 456 et 457 — no 222, pl. 463. Ens. 10 pièces.

61 — Les Cinq Sens, 5 pièces.

Suite complète. On y joindra une épr. en noir de la planche no 1, et une épr. coloriée de la planche no 2, 2 pièces courtes de marges.

62 — Mésaventures et désappointements de M. Gogo, 5 pièces.

Suite complète de 1 front. et 4 pièces entourées d'un cadre orné, lithog. par Ferd. Séré.

63 — Ne vous y frottez pas, 20e dessin de l'*Association mensuelle*.

64 — Le Ventre législatif, 18e dessin de l'Association mensuelle.

Très belle et rare épreuve sur papier de Chine monté sans la lettre sur le papier de fond.

DECAMPS (A. Gabriel)

65 — Sujets de chasse. — Pièces diverses, publiées par l'*Artiste*, etc. Ens. 50 pièces.

DEVERIA (Achille)

66 — Amours célèbres. Léonard de Vinci. — Lord Byron et la Comtesse Guccioli. — Ninon de l'Enclos et La Châtre. — Roméo et Juliette. — Torquato Tasso et la Princesse Eléonore. — Albane, sa femme et l'un de ses enfants. — Philippe II et sa maîtresse. — Diane de Poitiers et Henri II. *Paris, chez Bulla*. Ens. 8 pièces. Belles épreuves avec marges.

67 — A qui pense-t-elle ? — A qui rêve-t-elle? — Les Fruits. — Plaisirs maternels. *Paris, chez François et Louis Janet*, 4 pièces lithog. coloriées.

68 — Asie. — L'Ouïe. — L'Odorat. — L'Eau. — L'Air. — Adolescence. *Paris, Jeannin*. 6 pièces, lithog. coloriées.

DEVERIA (Achille)

69 — Attente. — Coquetterie. — Élégance. — Gravité. Persuasion. — Satisfaction. *Paris*, *Jeannin*. 1832. Ens. 6 pièces.

70 — Comme il m'aime ! — Veuve d'un jour. — Veuve d'un an. — Gourmandise. — Le Corset. — La Fiancée du Diable. — Ma fille, il faut l'oublier. — Le Coucher. — L'Air. Ens. 9 pièces dont 2 courtes de marges.

71 — Contes de La Fontaine. *Paris*, *Ardit et Gaugain*, 1830, 24 planches, en feuilles dans 4 couv. de livraisons, ill.

Lithographies pour les contes suivants : Le Berceau, La Chose impossible, Le Cocu, La Courtisane, Le Cuvier, Les Deux Amis, Le Fleuve Scamandre, Le Gascon puni, Le Glouton, Joconde, La Mandragore, Le Mari confesseur, La Matrone d'Ephèse, Nicaise, Les Oies du frère Philippe, Le Psautier, Le Quiproquo, Le Remède, La Servante justifiée, Le Tableau, Les Trois Commères, 3 p., Le Villageois.

Belles épreuves sur papier de Chine à toutes marges.

72 — Le Bain. — Convalescence (2 épr.) — L'Entorse.— Il sera blond. — Sommeil. *Paris. Ch. Motte*, 1830. Ens. 6 pièces, la dernière sur papier de Chine.

73 — Bonjour. — La Toilette de nuit. *Paris*, *Ch. Motte*, 1829, 2 p., belles épr. sur papier de Chine. — Cinq ans : La Poupée. — Les Contrastes : La Bonne mère. — A la campagne. — Une première visite. — C'est mal de faire pleurer ta sœur. — Je vais voir à qui vous pensez. — La Maman. — Promenade sur l'eau. Ens. 10 pièces.

DEVERIA (Achille)

74 — Désir. — Élégance. — Malice. — Volupté. *Paris. Jeannin*, 1832. 4 pièces, lithog., coloriées.

75 — Le Goût nouveau. *Paris, chez Tessari et Aumont*, 11 pièces, nos 2, 4, 5, 6, 7, 10, 11, 13, 15, 17, 18.

On y joindra une seconde épreuve du n° 5, courte de marges.

76 — Henriette d'Angleterre venant en France. — Roméo et Juliette. — La Captive. — Le Parc de Versailles (en 1792). — Gratte Jacot. — Clémence d'un antiquaire. — Sophie Western. — Julie. — Motifs variés. — Le Capitaine bleu. 25 pièces diverses publiées par l'*Artiste*, le *Journal des Femmes*, etc. Ens. 35 pièces, dont 12 courtes de marges.

77 — Les Heures du jour : 4 heures du matin. — 7 heures du matin. — 8 heures du matin. — La même, épreuve d'essai. — 9 heures du matin. — La même, épreuve d'essai. — 10 heures du matin. — 3 heures du soir. — La même, épreuve d'essai. — 4 heures du soir. — 10 heures du soir. — La même, épreuve d'essai. — 11 heures du soir. — Minuit. — 2 pièces des *Heures :* Jeune femme à sa toilette et Jeune fille en toilette de ville, épreuves d'essai. Ens. 16 pièces, dont 6 superbes épreuves d'essai.

La planche de *3 heures*, épr. avec la lettre, est sans marges.

78 — Ile Bourbon. — Ile d'Ischia. — Prusse. — Duché de Gênes. — Canadiens. — Persans. — Lithuaniens. *Paris, chez Bulla*. Ens. 7 pièces, grandes marges.

DEVERIA (Achille)

79 — Sujets divers, 14 p. — Galerie fashionable. Le Groom. Ens. 15 pièces, lithog. coloriées, sans marges sauf *Le Groom.*

80 — Sujets galants, 9 pièces, lithog. coloriées, sans marges. Une pièce est en double, mais de coloris différent.

81 — Sujets galants, 9 pièces, lithog. coloriées, sans marges.

82 — Vous voulez donc sérieusement une réponse ? — Quel parti prendre ? — Les Heureux jours. — Jour de douleur. *Paris, Gihaut*, s. d. (1834), 4 p. — Catherine II, impératrice de Russie. *Paris, Jeannin,* s. d. Ens. 5 pièces, lithog. coloriées.

DOW (D'après Gérard)

83 — La Double surprise, gr. par Beauvarlet, en haut., marges du cuivre.

DUPLESSIS-BERTAUX

84 — Métiers de Paris, Scènes de théâtre, 13 p. — Batailles, 6 p., dont 4 d'après Carle Vernet. Ens. 19 pièces.

Quatre pièces à l'état d'eau-forte.

DURER (Albert)

85 — Jésus-Christ à la croix, 1511. — Jésus-Christ mis au tombeau, 1512. — Le Branle, 1514. 3 p. gr. sur cuivre, déchirures et raccomm. La main d'un personnage de la 3e p. manque. — 5 p. diverses, cuivre et bois, réimp. Ens. 8 pièces.

ÉCOLE ANGLAISE

86 — The escape of the mouse, par J. Burnet. — A musical bore, par R.-W. Buss., grav. par R. Graves. — Nell Gwynne, par Landseer, grav. par L. Stocks. — Preparing moses for the fair, par Maclise, grav. par Stocks. — 4 pièces.

87 — The portraits of Madame Vestris, Miss Glover, Mr Williams et M. Linton, par G. Clint, grav. par T. Lupton. — The Bridemaid, par Parris, grav. par Bromley. — 2 pièces.

EISEN (C.-D.-Joseph)

88 — Carte générale des principaux objets qui ont servi à la description géométrique des provinces autrichiennes, présentée le 10 décembre 1777 à S. M. Joseph II, gr. pl. in-plano, gr. par Patas. — Planche d'échelle, par C.-N. Cochin, gr. par Nicollet, in-4° en larg. — Ornementation du titre et du tableau des cartes, 2 p. gr. par L.-A. Dupuis. Ens. 4 pièces.

ESTAMPES (des XVIe et XVIIe siècles)

89 — H. Aldegrever, 3 p. J. Brys. Cort, Goltzius, G. Ghisi, Sadeler, Saenredam, 4 p. — Ens. 12 pièces.

FOKKE et VINKELES

90 — Réjouissances faites à Amsterdam à l'occasion de l'entrée solennelle de S. A. Guillaume, Prince d'Orange et de son épouse Frédérique-Sophie Wilhelmine, le 30 mai 1768 et jours suivants. *Amsterdam*, 1768. 9 pl. in-fol., grav. par Smit, d'après Fokke et Vinkeles.

FONTALLARD (Gérard)

91 — Histoire d'une Épingle, par elle-même, en seize tableaux, composés et lithographiés par H. Gérard-Fontallard. *Paris*, *Osterwald*, s. d., 1 f. de texte et 16 planches, en feuilles, couv. ill., belles épr. en couleur, à toutes marges.

FRAGONARD

92 — La Gimblette, gr. par Berthony, pet. marg.

GAITTE

93 — Vues de Paris, 6 pet. p. de forme ronde. — Martinet, Vues de Paris, 6 pet. p. Ens. 12 pièces.

GAVARNI (Guillaume-Sulpice Chevallier, dit)

94 — Amours, 4 pièces coloriées.

95 — Le Carnaval, 3 p. — Souvenirs de Carnaval, 4 p. Ens. 7 pièces.

96 — Le Carnaval à Paris, 6 p. — Œuvres nouvelles. Carnaval, 6 p. — 5 p. diverses. Ens. 17 pièces, dont 5 coloriées.

97 — Costumes historiques pour travestissements. *Paris*, *chez Beauger*. Suite de 12 pièces du 3e état, couverture. La planche VII (Soubrette) est remplacée par la pl. VII *bis* (Cracovienne).

98 — Un couplet de vaudeville. — Rien n'est bien, etc. 7 pièces.

99 — Les Débardeurs, 4 pièces, dont 2 coloriées.

GAVARNI (Guillaume-Sulpice Chevallier, dit)

100 — Les Étudiants de Paris. — Clichy, etc., 10 pièces, dont une coloriée.

101 — Fantaisies, 6 pièces.

102 — Fashionables, 7 pièces.

103 — Journal des Gens du Monde : Toilette du soir, 1re pl. (R. R. R.). — La même, 2e pl. en contre-partie. — Toilette de promenade. — Robe de bal. — Travestissemens pour les bals de 1834, nos 1, 5 et 6, 2 p. — Pèlerine de soirée. — Toilettes de bal. — La Mi-Carême. — Promenade. — Mars 1834. — Visite. — Mai. — Le Soir. — Fashionables. — Causerie. — Mélancolie. — Avant de mourir. — Le Marchand de hannetons. — Fantaisie. — Quatre-vingt-dix ans (port. de Chevallier, père de l'artiste). Ens. 21 pièces, dont les 13 premières en couleur.

104 — Leçons et Conseils, 16 pièces.

105 — Nuances du sentiment, 14 pièces, dont une en couleur.

106 — Nuits de Paris : La Chanson de Table. — La Présentation, 2 p. gr. in-folio. — Gulnare (Mlle Waldor). — La Captive. — Les Lutins. — La Recherche de l'inconnu. — 2 p. diverses. Ens. 8 pièces, dont 4 sur pap. de Chine.

107 — Paris : Cordonnière. — Couturière. — Lingère. — Marchande de Modes. *Paris, chez Aubert.* Ens. 4 pièces, épr. du 2e état, coloriées.

108 — Des Phrases, 4 pièces (complet).

GAVARNI (Guillaume-Sulpice Chevallier, dit)

109 — Physionomies de Chanteurs et lithog. de la *Revue et Gazette musicale*. 21 pièces, dont 6 épr. du second état, avant l'inscription du titre, sur papier de Chine.

110 — Plaisirs champêtres, 5 pièces, dont une coloriée.

111 — Politique des Femmes, 19 pièces, dont 2 en double épreuve, noire et coloriée.

112 — Transactions, 7 pièces (complet).

113 — La Vie de Jeune homme. — Le Zodiaque des gens du monde, etc., 5 pièces.

114 — Gavarni par lui-même. — Les Artistes anciens et modernes : Un attelage de porteur d'eau. — Thomas Vireloque. — La Lanterne magique. — Les Artistes contemporains : (Une famille pauvre). — La Correctionnelle, n°s 15, 17 et 23, 3 p. — A Highland Piper. — La Caricature : La Procession du diable, 2 p. réunies. — Suite de la Procession du diable, 2e état. — Le Charivari, 4 p. — Croquis par divers artistes, n° 60. — Musiciens comiques : La Serinette. — Album de l'Infini, n° 21. Le Toréador, belle épr. du 2e état, en coul., courte. — Orientale (R.), épr. du 2e état, sur pap. de Chine, lég. traits de crayon, courte. — Repentir, sans marg. — Perles et Parures : Le Collier. — Titres de musique. 4 p. Ens. 26 pièces, les 5 premières sur papier de Chine.

115 — Œuvres nouvelles. Masques et Visages : Ce qui se fait dans les meilleures sociétés. *Paris, Lévy*, s.d., album de 10 pl , br. couv. ill. — Masques et Visages : Les Parisiens. Physionomies parisiennes, 13 p. Ens. 1 album de 10 pl. et 13 pièces, dont 7 sur pap. de Chine.

GAVARNI (Guillaume-Sulpice Chevallier, dit)

116 — Lithographies diverses, publiées par *L'Artiste*, 40 pièces.

117 — Lithographies extraites du *Charivari*, 800 pièces.

GENDALL (J.)

118 — Notre-Dame. — Pont Notre-Dame. — Saint-Denis. — Elbeuf. Ens. 4 pièces, gr. par Sutherland et Hawell. Belles épr. en couleur.

GÉRARD (D'après Mlle)

119 — L'Elève intéressante, gr. par Vidal, in-fol. en haut.

Epreuve avant la dédicace.

GIRODET

120 — Hippocrate refuse les présents d'Artaxerces, grav. par Massard. — Andromaque, peint par Guerin, grav. par Richomme. — Honneurs rendus à Raphaël après sa mort, peint par Bergeret, grav. par Sixdeniers, 3 pièces in-plano.

GRANDVILLE

121 — La Caricature, 15 pièces coloriées et 2 noires. — Le 1er Dessin de l'Association mensuelle. — Petits Jeux de Société, 6 p. sur Chine, courtes. Ens. 24 pièces.

GRANDVILLE

122 — Troisième dessin de l'Association mensuelle. Grande revue passée par la Caricature.

Belle épreuve avant toute lettre sur blanc.

HOOGHE (R. de)

123 — Faits d'Armes d'Alexandre Farnèse, 22 planches avec légende gr. et trad. hollandaise manuscrite, en 1 vol. in-4°, demi-rel. veau rac., planches montées sur onglets.

HUET (D'après J.-B.)

124 — Le Maître de dessin, gr. par Bonnet. Epr. en couleur, sans marges. Encadrée.

Cadre ancien, bois sculpté doré.

INGRES (D'après)

125 — L'Odalisque couchée, belle épr. sur pap. de Chine, in-fol. en larg. — La Tête de l'Odalisque, courte, 2 p. lithog. par Sudre, 1826-1827. — Portrait de Sauvageot. — Portrait d'Enfant, 2 p. Ens. 4 pièces.

ISABEY (Eug.)

126 — Vues de Rouen, de Caen, Souvenirs de Bretagne, 2 pièces, l'une pub. par Morlot, l'autre pl. en largeur. — Intérieur de port, Marée basse, Radoub d'une barque à marée basse, Environ de Dieppe, Souvenir de Saint-Valéry-sur-Somme. — 9 pièces.

JANINET (J.-F.)

127 — Mademoiselle du T***, d'après Lemoine.

Représentee assise devant sa table de toilette dont le miroir la reflète de profil ; elle tient des roses d'une main, une lettre de l'autre.

Superbe estampe gravée par Janinet, une des plus recherchées des gravures en couleurs.

Portrait exécuté par Lemoine, de Catherine-Rosalie Gérard, de son nom de guerre Rosalie Du Thé.

Belle épreuve avec grandes marges (3 cent. sur trois côtés et 5 cent. en bas), de la plus grande rareté dans cet état; cette pièce est accompagnée de son encadrement jaune spécial.

N° 127. JANINET. *Mlle du T*

JEAURAT (D'après)

128 — La Jeunesse, gr. par Lépicié 1745. Grandes marges. Cadre ancien, bois doré.

LE BAS

129 — Revue de la Maison du Roi, au Trou d'Enfer, d'après Le Paön, 1778, in-folio en larg. sans marges, lég. déchir. et mouillures.

LEMUD (A. de)

130 — Le Retour en France, in-folio, belle épr. avec l'adresse de Perot et Gosselin, et sans le nom de V. Hugo après les vers de la légende. — L'Enfance de Callot. — Le Prisonnier, etc., 8 p. publiées par l'*Artiste*. Ens. 9 pièces.

LEROUX (E.)

131 — Titre de Musique, 22 pièces, lithogr. la plupart avant la lettre, et 32 pièces de différents artistes. — Ens. 54 pièces.

LITHOGRAPHIES

132 — Alophe, 3 pièces, Delaporte. Grenier, 9 p. Lami. Marigny. Marinet. H. Monnier, 2 p. Ramelet. Ens. 19 pièces.

133 — Diaz, Cicéri, Bida, Lasalle, Lepoitevin, Leroux, Noël, Pirodon, 35 pièces.

134 — J. Dupré, 4 pièces. Giroux, 1 p. Bodmer, 1 p. Gudin, 8 p. Gros, 1 p. Ens. 15 pièces.

135 — Gros, Hersent, Delacroix, 4 pièces. Léopold Robert, 6 p. L. Boulangé, 5 p. Fielding, 5 p. H. Bellangé, 3 p., etc. Ens. 28 pièces.

LITHOGRAPHIES

136 — Sujets galants. Numa, 3 p. — Maurin, 1 p. — Vallon, 1 p.; 5 pièces, en couleur, sans marges. — Numa: Finissez donc M. Ernest, en noir, marges. Ens. 6 pièces.

MADOU

137 — Bruxelles, 14 p. — Sujets divers, 12 p. Ens. 26 pièces.

MALLET

138 — Julie ou le Premier Baiser de l'Amour, gr. par Copia, rousseurs.

MAURIN (Nicolas)

139 — Sujets galants, 5 pièces, lithog. coloriées, sans marges.

MAURIN ET DIVERS

140 — Sujets galants. Maurin, 2 p. — Le Déshabiller, coloriée. — La même, épr. en noir, sans marges. — Gigoux: Le Lever à la ville, belle épr. sur papier de Chine. — Barathier : La Puce, sans marges. — Pigal : Laissez-moi, en coul., sans marges. — 2 p. non sign., coloriées, en ovale, sans marg. Ens. 9 pièces.

MERCIER (D'après Ph.)

141 — Musick, gr. par J. Faber, 1743, sans marges.

MILLET (J.-F.)

142 — Bergère, grav. par Ben Damman. — Les Deux Amis, peint par H. Bellangé, grav. par A. E. Varin. 2 pièces in-plano.

MOITTE

143 — Figure pour illustrer Télémaque. Cadre anc., bois sculpté. (Dimension du cadre partie vue : 27×19 1/2.

MONNET

144 — Pompe funèbre en l'honneur des Martyrs de la Journée du 10, dans le Jardin National, le 26 Août 1792, gr. par Helman, en larg.

MOUILLERON (A.)

145 — Lithographies, 31 pièces, dont plusieurs épreuves avant la lettre.

MUSÉE GROTESQUE

146 — Musée Grotesque. *Paris, chez Martinet*, 10 pièces en couleur, marges inégales, n°s 1, 3 *bis*, 19, 20, 22, 23, 35, 42, 52, plus une pl. sans numéro : le Bain froid.

NANTEUIL (C.)

147 — Lithographies. 27 pièces, dont plusieurs épreuves avant la lettre.

NAPOLÉON III

148 — Bouclier du vote universel, dess. par Gaccia, lithog. par L. Noël. — Dessins et canevas, portraits de l'empereur et de l'impératrice, écusson, fragments de dessin, photographie, et compte de revient d'un châle exécuté pour l'impératrice Eugénie. — 10 pièces.

OSTADE

149 — Rixe dans un cabaret, grav. p. Suyderhoef. Encadrée.

PARROCEL

150 — Foire de Venise. — 1 p. sans marg. Ens. 2 pièces gr. par Ph. Le Bas.

PENNY (D'après)

151 — Scène de genre, gr. par R. Sayer, 1770, manière noire, in-folio en larg., sans marges.

PETERS (D'après)

152 — La Jardinière en repos, gr. par Le Vasseur, in-folio en haut.

PHILIPON (Ch.)

153 — Les Annonces. Petites-Affiches parisiennes, nos 1, 2, 4, 6, 7 et 8, 6 pièces, en couleur.

PIRANESI

154 — Planches diverses, 23 pièces.

PORTRAITS

155 — Bonaparte, 1er consul de la Rép. Française, gr. par C.-J. Schott, d'après David, belle épr., marge.

156 — Jacques Delille, par J.-L. Monnier, gr. par J. Young, épr. courte de marges.

157 — Deveria. Portraits de Mmes Damoreau, Falcos, Grevedon, color., Malibran, Mars, Paradol, Prévost, color., Stael, 9 lithog.

158 — Fredericus-Léonard Bruxellensis, par Rigaud, gr. par G. Edelinck, sans marg. — Joseph Christophe, de Verdun, par Drouais, gr. par Surugue, marg. du cuivre. Ens. 2 pièces in-folio.

PORTRAITS

159 — Gigoux: Portraits de miss Fanny Kemble, Alfred de Vigny, Delacroix, Antonin Moine, Tony et Alf. Johannot. 5 lithog., par Gigoux. — Portrait de Gigoux, par Lemud. — Portrait de H. Monnier, par Gavarni. — 7 pièces.

160 — James Heath A. R. A., painted by T. Kearsley, engraved by S. W. Reynolds. — M. S. Northcote of Plymouth, J. Northcote, *pinxit*, S. W. Reynolds, *sculpt*. Ens. 2 pièces.

161 — Louis XIV, par Robert Nanteuil. Sans marges. Cadre bois noir.

162 — Louis-Philippe d'Orléans, duc d'Orléans, par Gérard, gr. par F. Lignon. — Marie-Amélie, Reine des Français, lithog., par Maurin. Ens. 2 pièces.

163 — Louise-Émilie, Baronne de *** (port. présumé de la femme de l'artiste). — Adrienne-Sophie, Marquise de ***. Ens. 2 pièces : dess. et gr. par Aug. de Saint-Aubin.

164 — Abel Poisson, Marquis de Marigny, par Tocqué, gr. par G. Wille. — Le Maréchal de Richelieu, par Gault de Saint-Germain, gr. par Wangélisti. — J.-B. Rousseau, par Aved, gr. par Daullé. Ens. 3 pièces in-folio, sans marges.

165 — Marie, Duchesse de Nemours. — Robert de Cotte, 2 pièces, gr. par Drevet, d'après Rigaud.

166 — François de Moncade, par Van Dyck, gr. par Raphael Morghen, mouill. — The Princess Charlotte, by Lawrence, engr. by Richard Golding. Ens. 2 pièces, in-folio.

PORTRAITS

167 — La Famille Pembroke, par Van Dyck, gr. par B. Baron, in-folio en larg., sans marges.

168 — Portraits d'artistes dramatiques, 25 p. — Portraits d'artistes peintres, 14 p. 39 pièces.

169 — 28 portraits de personnages historiques, par Nanteuil, Lebeau, Guérin, Chrétien, inv. du physionotrace, Vorst, etc.

170 — Littérateurs et musiciens, 36 pièces des XVIIIe et XIXe siècles.

171 — Sr Joshua Reynolds, painted by himself, engraved by James Watson, R. Sayer *excudit*. Belle épr., marge.

172 — J. Reynolds, 5 portraits gr. par Brookshaw, W. Reynolds. — Sir Th. Lawrence, 6 portraits gr. par Heath, Cochran, Robinson, Morisson. 11 pièces.

173 — Sophia Western (port. de Mrs Phœbe Hoppner, femme de l'artiste), painted by J. Hopner, engraved by J. R. Smith, marg. du cuivre.

174 — Charles-Gaspard-Guillaume de Vintimille, archevêque de Paris, gr. par C. Dievet, d'après H. Rigaud. Belle épr.

175 — Mrs Waylett, painted by F. Mayer, gr. by Hodgetts. — Miss Bloomfield, par Adam Buck, grav. p. Chiesman. — Miss Duncan, par Rousons, gr. p. Fresda. 3 pièces.

PRUD'HON (D'après)

176 — Le Triomphe de Bonaparte, lithog. par Maurin, in-folio en larg., épr. avant la lettre sur papier de Chine. — Constitution française, gr. par Copia, in-folio en larg., sans marges. — L'Amour caresse avant de blesser. — Une Famille malheureuse. — La Soif de l'or, 2 p. lithog. par Aubry Lecomte, épr. sur pap. de Chine. — 3 figures diverses, gr. par Roger. Ens. 8 pièces.

177 — Le Cruel rit des pleurs qu'il fait verser. — L'Amour réduit à la raison, 2 pièces grav. par Copia.

178 — Innocence et Amour, grav. par Villerey, belle épr., marges.

RAFFET

179 — Le Colonel du 17e léger (H. G. 7). — S. A. R. Mgr le duc d'Aumale (8). — Le Drapeau du 17e léger (83). 3 pièces. Très belles épreuves sur Chine.

180 — Combat d'Oued-Alleg. (H. G. 82). Belle épreuve sur Chine.

181 — Le Bal (H. G. 327). — Serrez les rangs (355). — Vive l'Empereur (389). — La Consigne (406). — Les Chagrins domestiques me minent (409). 5 pièces. Très belles épreuves.

182 — La Veille (H. G. 419). — Le Lendemain (420). — Le Camp (424). — Mercredi des Cendres (217). — Jean-Jean, 2 p. (226-234). — Feuille de croquis n° 7 (323). 7 pièces.

183 — La Revue nocturne (H. G. 429). Très belle épreuve du 1er état sur Chine, court.

RAFFET

184 — Retraite de Constantine (H. G. 536 à 542). Suite de 6 pièces en largeur. Belles épreuves sur Chine.

185 — Prise de Constantine (543 à 556). Suite de 12 pièces en largeur. Belles épreuves sur Chine.

186 — Nicolas Ier. — Catalans. — Marche sur Constantine. — Assaut. — Le Défilé. — Le Défilé nocturne. Fac-similé par Émile Bry. 7 pièces.

RIGAUD (J.)

187 — Vues de Châteaux, 5 p. — Carmontelle : Vue du pont de bois (Monceau), gr. par Colibon. — Vues diverses, 3 p. Ens. 9 pièces in-fol. en larg., 2 sans marges.

ROBERT (Hubert)

188 — Colonnade et jardins du Palais Médicis, grav. en couleurs par Janinet, encadrée.

ROQUEPLAN (C.)

189 — Lithographies, 19 pièces.

ROWLANDSON

190 — How came you so? — A Tailors Wedding. — A Fell tale. — Modish-Prudish. — Sailors Drinking the Tunbridge waters. — One of the family. — Cries of London, n° 8. — 6 pièces.

RUBENS (D'après P.-P.)

191 — La Pêche miraculeuse. — Suzanne et les Vieillards. — L'Annonciation. — Saint Ambroise. — Paysages, etc., 24 pièces gr. par Basan, Pontus, Bernard Picart, J.-J. Avril, etc., in-fol. et in-4°.

SAINT-AUBIN (Aug. DE)

192 — La Tendresse maternelle, gr. par Phelipaux et Moret, en couleur, sans marg., le haut de la pl. (env. 35 millim.), a été coupé.

SMITH (R.)

193 — A Lecture on Gadding, painted by R. Smith, engraved by F. Bartholozzi, en haut.

TRAVIÈS (J.-C.)

194 — Mayeux et Robert Macaire, 6 p. (complet). — M. Mayeux, 20 pet. p. — Panthéon charivarique, 36 p. extraites du *Charivari*. Ens. 62 pièces.

On y joindra 82 lithog. diverses, par Traviès, Pigal, etc., extraites du *Charivari*, et 2 pl. de *La Caricature*.

TRAVIÈS. — BEAUMONT

195 — Galerie physionomique. Scènes Bachiques, etc., 6 p. — Beaumont, 6 p. Ens. 12 pièces coloriées.

TROOST (C.)

196 — L'Amour mal assorti. — L'Amoureuse Brigide. — La Fille rusée. — La Mort de Didon. — Le Capitaine Ulric, 5 pièces grav. par Tanjé, Folke et Houbraken.

TROOST (C.)

197 — Le Vielleux, gr. par Houbraken. — Chambre d'accouchée Hollandaise, grav. par Tanjé. — Les Philosophes ou la Fille échappée, gr. par Tanjé, 3 pièces.

198 — Les Noces de Clorus et Rosette. — La Belle-Mère. — L'Ambassadeur. — Le Peintre. — Arlequin magicien, 5 pièces, grav. par Houbraken, Pelletier et Tangé.

VERNET (J.)

199 — Ports de Bayonne, de Bordeaux, La Rochelle. — L'Entrée et l'Intérieur du Port de Marseille, Toulon. — La Madrague vue du golphe de Bandol, 7 pièces, gr. in-fol., grav. par Cochin et Lebas.

Le Port de La Rochelle à l'état d'eau-forte avant toute lettre.

VERNIER (Ch.)

200 — Lithographies extraites du *Charivari*, 202 pièces.

VIGNETTES

201 — Binet. Suite complète de 34 figures pour illustrer *Les Françaises*, de Restif de la Bretonne, bonnes épr. remargées.

202 — Buys (J.), 138 p., gr. par V. der Meer. — Blakey, Walker, etc., 15 p., gr. par Punt. — Bolomey, 31 p., gr. par Boilly. — S. Fokke, 26 p., gr. par Is. Tirion. — 3 p. diverses. Ens. 213 pièces.

203 — Caresme (Ph.). 18 p. — Choffard, fleurons et culs-de-lampe, 15 p. — Cochin, 20 p. — Le Barbier, 12 p. — Monnet (C.), 25 p. Ens. 90 pièces, la plupart montées sur bristol.

VIGNETTES

204 — Eisen. Frontispices, figures, fleurons, vignettes et culs-de-lampe pour illustrer les œuvres d'Arnaud, Dorat, Chefs-d'œuvre dramatiques de Marmontel, etc., 148 pièces, la plupart montées sur bristol.

205 — Fragonard. Figure pour le conte de La Fontaine : *La Gageure des trois Commères; La Servante.* Epr. à l'état d'eau-forte, pet. marge.

206 — Frontispices, titres, figures, vignettes, fleurons et culs-de-lampe, par Gravelot, Boucher, Desrais, Queverdo, Lefébvre, etc., gr. par Saint-Aubin, de Longueil, Punt, Dambrun, etc., pour illustrer les œuvres de Berquin, Dorat, Prevost, Le Sage, Rousseau, les Contes de Voltaire. 203 pièces, environ 60 montées sur bristol.

207 — Gravelot et Cochin. Almanachs iconologiques. 17 titres et 115 figures du tirage de l'*Iconologie par figures*. Ens. 132 pièces.

Les figures se répartissent comme suit : Année 1765 (origine) 8 pl.; 1766 : 1 pl. ; 1767 : 2 pl. ; 1768 : 5 pl. ; 1769 : 11 pl. (complet); 1770 : 12 pl. (complet); 1771 : 12 pl. (complet); 1772 : 7 pl.; 1773 : 6 pl.; 1774 : 4 pl.; 1775 : 6 pl.; 1776 : 7 pl.; 1777 : 9 pl.; 1778 : 3 pl.; 1779 : 4 pl., 1780 : 4 pl.; 1781 : 8 pl. 3 pl. diverses.

208 — Gravelot. Figures, fleurons et culs-de-lampe divers, gr. par de Longueil, Le Mire, Vidal, etc. 77 pièces, la plupart montées sur bristol.

209 — La Fontaine. Figures de Romeyn de Hooghe, Eisen, Martinet, etc., pour illustrer les *Contes*. 92 pièces, la plupart montées sur bristol.

VIGNETTES

210 — Marillier. Frontispices, figures, fleurons, vignettes et culs-de-lampe, pour illustrer les œuvres de Dorat, Berquin, Le Sage, Richardson, etc. 96 pièces, la plupart montées sur bristol.

211 — Moreau le Jeune, 60 p. — 9 p. diverses, par Saint-Aubin, Saint-Quentin, Monsiau, etc. Ens. 69 pièces.

VIGNERON (D'après)

212 — Convoi du pauvre, gr. par Jazet, lég. mouill.

VOYEZ (N.-J.)

213 — L'Étonnement. — Le Repentir. — Vous aimés cet oiseau, gr. p. Tournay. — Le Petit Maître. — Le François galant, par Maiotto, grav. par Berardi. — 5 pièces.

WALTON (H.)

214 — The Hand-Maid, painted by H. Walton, engraved by J. Hogg, de forme ronde.

WAST (W.)

215 — Carshalton, château de Théodore Henri Broadhead, écuyer dans la province de Suruy, gr. par Guyot. Belle épr en couleur.

WATTEAU (D'après)

216 — La Signature du Contrat de la Noce de village, gr. par Cardon, in-plano en larg. Encadrée.

Belle épreuve, courte de marges.

217 — L'Embarquement pour Cythère, gr. par Tardieu. *A Paris, chez Chéreau*, in-plano en larg. Encadrée.

Bonne épreuve du deuxième état de cette belle pièce. Courte de marges, rousseurs.

218 — Le Théâtre, arabesque gr. par Huquier. — 1 p., arabesque, sans marges. Ens. 2 pièces.

WILLE (P.-A.)

219 — Le Maréchal des logis, grav. par J.-G. Wille.

WILLE fils

220 — Tom Jones, gr. par Ingouf. — Prévoyance au plaisirs (*sic*), gr. par P. L., courte. Ens. 2 pièces en haut.

221 — Sous ce numéro, seront vendues en lots quelques Estampes non cataloguées.

DESSINS

BAUCHER (Ch.)

222 — *Le Denier de la veuve.*

Une femme, tenant un enfant par la main et descendant les dernières marches d'un escalier, dépose son aumône dans une urne.

Plume, aquarelle et rehauts de gouache.

Haut., 18 cent.; larg., 9 cent.

BOUCHARDON (Attribué à)

223 — *Étude d'ange.*

Dessin à la sanguine.

Haut., 28 cent.; larg., 21 cent.

CALAMATTA (L.)

224 — *Jeune Romaine, tenant un étendard, en buste de face.*

Mine de plomb.

— *Étude de Jeune Fille, buste de face, la tête de trois quarts.*

Crayon noir rehaussé de blanc.
Ens. 2 pièces.

CARRACHE (Attribué à Annibal)

225 — *Sacrifice de Calirrhoé.*

Dessin à la plume. Encadré.

Haut., 40 cent.; larg., 26 cent

Nº 226. Cochin.

Nº 372.

COCHIN (C.-N.)

226 — *Portrait de Mme de Pompadour.*

Dessin ovale aux trois crayons.
Cadre ancien en bois sculpté.

Haut., 13 cent.; larg., 9 cent.

COYPEL (D'après)

227 — *Démocrite.*

Copie. Encadrée.
Aux crayons de couleur.

Haut., 28 cent.; larg., 22 cent.

DAUMIER (H.)

228 — *Femme demi-nue devant sa baignoire.*

Elle s'apprête à quitter sa chemise, lorsqu'elle est surprise par un indiscret dont la tête apparaît à travers une lucarne dans la cloison.
Aquarelle, quelques traits de plume.
Signée des initiales.

Haut., 21 cent.; larg., 16 cent.

DIETRICH

229 — *Sujet religieux.*

Dessin au lavis de sépia.

Haut., 39 cent.; larg., 32 cent.

DUBUT

230 — *La Barrière d'Enfer, à Paris.*

Aquarelle. Lég. déchirure.

Haut., 27 cent.; larg., 37 cent.

ÉCOLE FRANÇAISE DU XVIIIe SIÈCLE

231 — *Jeune Femme assise.*

Dessin au crayon noir.

Haut., 22 cent.; larg., 14 cent. 1/2.

ÉCOLE FRANÇAISE DU XVIIIe SIÈCLE

232 — *Jeune Femme debout.*

Dessin à la sanguine. Au verso, études et croquis également à la sanguine.

Haut., 32 cent.; larg., 20 cent. 1/2.

ÉCOLE DE DAVID

233 — *Portrait du peintre J.-Louis David.*

En ovale, entouré de deux figures allégoriques, sur un piédestal orné de guirlandes et de têtes de béliers. Au centre, en bas-relief, *Le Serment des Horaces.*

Mine de plomb.

Haut., 13 cent.; larg., 9 cent.

ÉCOLE FRANÇAISE
(Commencement du XIXe siècle)

234 — *Scène de comédie.*

Jouée au théâtre des Variétés par les acteurs *Lepeintre*, rôle de Lerond et *Brunet*, rôle de Lucas, dans *M. Lerond*, comédie-vaudeville.

Aquarelle accompagnée de la gravure du même sujet.

Haut., 15 cent.; larg., 11 cent.

ÉCOLE FRANÇAISE
(Commencement du XIXe siècle)

235 — *Concert.*

M. et Mme Caillot. La famille Romagnesi. Romagnesi, debout, chante. Caillot l'accompagne en jouant de la guitare. Encadré.

Mine de plomb et lavis.

Haut., 18 cent.; larg., 23 cent.

ÉCOLE MODERNE

236 — *Jeune Femme demi-nue sur un lit.*

Peinture sur toile.

Haut., 22 cent.; larg., 34 cent. 1/2.

ÉCOLE HOLLANDAISE

237 — *La Dispute au cabaret.*

Dessin à la sanguine, mis au carreau.

Haut., 30 cent.; larg., 38 cent.

ÉCOLE ITALIENNE

238 — *Femme étendue un bras relevé.*

Dessin à la plume et lavis de sépia.

Haut., 10 cent. 1/2 ; larg., 15 cent. 1/2.

ÉCOLE ITALIENNE

239 — *Trois dessins, au lavis et à la sanguine.*

ÉCOLE ITALIENNE

240 — *Sujet religieux.*

Dessin esquissé à la sépia. Cachet de collection.

Haut., 56 cent.; larg., 43 cent.

FLANDRIN (Hippolyte)

241 — *La Vierge.*

Elle s'avance dans une attitude grave et douloureuse. Une sainte femme la suit en pleurant, le front dans les mains. A droite, un disciple dont le buste seul est dessiné. Crayon noir, rehauts de blanc.

Haut., 31 cent.; larg., 23 cent.

GAVARNI

242 — *Costumes 1830, homme et femme.*

Mine de plomb, aquarelle et rehauts de gouache. Signée.

Haut., 15 cent.; larg., 12 cent.

GRANDVILLE (J.-J.)

243 — *Deux Paysans.*

L'un assis sur un banc de pierre devant sa maison tient un enfant sur ses genoux; l'autre est debout et lui parle. Au fond, groupe de femmes. Encadré.

Plume.

Haut., 11 cent.; larg., 15 cent.

LARUE

244 — *Sujet biblique.*

Un saint personnage offre un sacrifice à Dieu qui lui apparaît, soutenu par des anges. Dans le fond, sur le seuil de sa maison, une femme contemple la scène.

Plume et lavis. Signé.

Haut., 24 cent.; larg., 38 cent.

245 — *Projet de fontaines.*

Deux dessins à la plume lavés de bistre.

Haut., 20 cent.; larg., 13 cent.

LEMOYNE (Fr.)

246 — *Joseph et la Femme de Putiphar.*

Dessin au lavis.

Haut., 31 cent. 1/2; larg., 21 cent. 1/2.

LEPICIÉ (N.-B.)

247 — *Servante vue de face à mi-jambes.*

Joli dessin aux deux crayons. Signé.

Haut., 18 cent.; larg., 24 cent.

N° 247. Lepicié.

LONGHI (Pietro)

248 — *Le Conclave de MDCCXL.*

Curieux dessin à la plume et au lavis.

Haut., 21 cent.; larg., 29 cent.

MANTEGNA (Attribué à André)

249 — *Femme drapée, en pied, de profil.*

Lavis. Restaurations.

Haut., 24 cent.; larg., 8 cent.

MARIE-CHRISTINE

250 — *Mausolée de Marie-Christine d'Autriche (sœur de Marie-Antoinette) et Duchesse Albert de Saxe.*

Pyramide à soubassement. Au centre, une femme portant une urne et deux jeunes filles dans l'attitude de la douleur pénètrent par une porte antique surmontée d'une inscription latine. Sur les côtés, figures allégoriques de la Force et de la Charité. En haut du mausolée, une femme soutient le médaillon de la princesse.

Lavis d'encre de Chine sur trait.

Haut., 24 cent.; larg., 17 cent.

MAYER (Mademoiselle Constance)

251 — *Sujet tiré de la Fable.*

Dessin au crayon noir et quelques rehauts de blanc.

Haut. 21 cent. 1/2; larg., 28 cent. 1/2.

MONNET (Cl.)

252 — *Projet pour un frontispice.*

Petit dessin au lavis inachevé.

Haut., 10 cent. 1/2; larg., 6 cent. 1/2.

NORBLIN DE LA GOURDAINE

253 — *Le Bossu des Tuileries.*

Petit dessin au lavis de sépia. Daté : *1789*.

Haut. 17 cent.; larg., 12 cent.

PANNINI

254 — *L'Intérieur du Panthéon, à Rome.*

Dessin au lavis d'encre de Chine.

Haut., 17 cent. 1/2; larg,, 13 cent. 1/2.

PORTAIL (J.-A.)

255 — *La Conversation.*

Une jeune femme assise, vue de trois quarts, tournée vers la droite, vêtue d'une robe décolletée, tenant de la main droite une canne. Un jeune homme debout auprès d'elle, une main posée sur le dossier de la chaise, le corps vu de face, le regard tourné vers la gauche.

Beau dessin à la sanguine et à la pierre d'Italie. Réplique incomplète du dessin du Musée du Louvre.

Haut., 16 cent.; larg. 23 cent.

Cadre ancien en bois sculpté.

REMBRANDT (École de)

256 — *Lion couché. — Étude de Personnages.*

Deux dessins à la sépia et sanguine.

ROWLANDSON

257 — *Bal champêtre.*

Haut., 11 cent.; larg., 17 cent.

— *Paysage au bord de la mer, avec défilé de personnages grotesques.*

Haut., 9 cent.; larg., 14 cent.

Ens. 2 pièces, plume et rehauts d'aquarelle.

RUBENS

258 — *Tobie.*

Dessin à la sanguine à 6 personnages.

Haut., 35 cent. 1/2; larg., 27 cent. 1/2.

N° 255. PORTAIL.

SADELEER

259 — *Paysage.*

Plume et lavis.

Haut., 20 cent.; larg., 30 cent.

SUANEVELT (Herman Van, dit Herman d'Italie)

260 — *aysage.*

Lisière de forêt, rochers supportant de grands arbres; au fond, vallée boisée limitée par une chaîne de montagnes. A droite, un chemin où passent plusieurs groupes ; à gauche, un berger boit à un ruisseau. Encadré.

Plume et lavis.

Haut., 30 cent.; larg., 23 cent.

On a appliqué, au dos du cadre, une épreuve de la gravure du même paysage. *A Paris, chez Vanheck.*

SUVÉE (Jacques-Benoît)

261 — *Vue de l'Hôtel de Ville et du Beffroi de Bruges.*

262 — *Vue de l'Hôtel de Ville et du Beffroi d'Ypres.*

Deux dessins au lavis d'encre de Chine.

Haut., 25 cent. 1/2, — 21 cent. 1/2.
Larg., 27 cent. 1/2, — 33 cent. 1/2.

SWEBACH

263 — *Halte dans un village.*

Deux femmes dans un traîneau en forme de cygne, auquel trois chevaux sont attelés, boivent une liqueur qu'on leur offre. Plusieurs personnages regardent la scène. Au fond, indication d'architecture.

Plume et mine de plomb.

Haut., 22 cent.; larg., 40 cent.

TROLL

264 — *D. n. your eyes come at it.*

Dessin sur la boxe. Au crayon noir rehaussé de blanc. Signé.

Haut., 41 cent.; larg., 28 cent. 1/2.

WATTEAU (Antoine)

265 — *Études de militaires.*

Quatre pièces, dont une encadrée.
Sanguine.

Haut., 15 cent.; larg., 10 cent.

Un cadre ancien, bois sculpté et doré.

266 — Sous ce numéro, seront vendus en lots quelques Dessins non catalogués.

TABLEAUX

ANCIENS ET MODERNES

BOUCHER (D'après)

267 — *Jeune Femme endormie.*

Pastel. Haut., 39 cent.; larg., 32 cent.

Cadre Louis XIV en bois doré.

BERTIN

268 — *Le Chemin dans la forêt.*

Toile. Haut., 37 cent.; larg., 62 cent.

DAVID (École de)

269 — *Portrait d'un Jeune Garçon.*

Toile. Haut., 34 cent.; larg., 26 cent.

DE COCK (César)

270 — *Sous bois.*

Toile. Haut., 48 cent.; larg., 66 cent.

DROLLING (M.)

271 — *Portrait de Lacrosse, commandant la frégate* Les Droits de l'Homme, *1796.*

Toile. Haut., 90 cent.; larg., 72 cent.

ÉCOLE FLAMANDE (XVIIe siècle)

272 — *Fleurs.*

Deux pendants.

Toiles. Haut., 70 cent.; larg., 55 cent.

ÉCOLE FRANÇAISE

273 — *Tête de Vieillard barbu.*

Toile. Haut., 54 cent ; larg., 48 cent.

ÉCOLE FRANÇAISE (XVIIe siècle)

274 — *Sujets bibliques.*

Deux toiles.

Haut., 65 cent et 60 cent.; larg., 81 cent.

Cadres Louis XIII en bois sculpté doré.

ÉCOLE FRANÇAISE (XVIIIe siècle)

275 — *Portrait d'Homme, en habit rouge.*

Toile. Haut., 43 cent.; larg., 35 cent. 1/2.

ÉCOLE FRANÇAISE (XVIIIe siècle)

276 — *Portrait d'Homme.*

Toile de forme ovale.

Haut., 71 cent ; larg., 59 cent.

ÉCOLE FRANÇAISE (XVIIIe siècle)

277 — *Paysage avec cours d'eau et personnages.*

Toile en forme de dessus de porte.

Haut., 52 cent.; larg., 1 mètre.

ÉCOLE FRANÇAISE 1830

278 — *Étude de Femme nue vue de dos.*

Toile. Haut., 1 mètre; larg., 80 cent.

ÉCOLE ITALIENNE (XVIIe siècle)

279 — *Paysages avec figures.*

Deux pendants.

Toiles. Haut., 58 cent.; larg., 74 cent.

HALS (D'après F.)

280 — *Portrait d'Homme.*

Toile. Haut., 65 cent.; larg., 53 cent.

HEIM (F.-V.)

281 — *Sujets religieux.*

Deux pendants.
Esquisses de tableaux du maître décorant l'église Saint-Sulpice, à Madrid.

Toiles. Haut., 53 cent.; larg., 37 cent.

HERVIER

282 — *Paysage.*

Toile. Haut., 21 cent.; larg., 32 cent.

LALANNE (Maxime)

283 — *Un Canal hollandais.* Étude.

Bois. Haut., 24 cent.; larg., 33 cent.

LONGUET

284 — *Paysage sous bois.*

Panneau. Haut., 32 cent.; larg., 47 cent.

SCHUTZENBUST (?)

285 — *Faucheur.*

Toile. Haut., 56 cent.; larg., 45 cent.

286 — Sous ce numéro seront vendus quelques Tableaux non catalogués.

LIVRES ANCIENS

RELIURES AVEC ARMOIRIES

287 — **Abrégé de l'Histoire Française**, avec les Effigies des Roys, depuis Pharamond jusques au Roy Henry IV, tirées des plus rares et excellentz cabinetz de la France, par H. C. Édition quatriesme reveuë et augmentée de nouveau. *A Paris, par Jean Le Clerc*, 1597, in-folio, titre rouge et noir, port. — Recueil des noms et armes des hommes les plus illustres qui se sont signalés par quelques actions héroyques soubs chaque règne depuis Hugue-Capet jusque à Louis XIVe à présent régnant. *A Paris, chez Jean Boisseau*, 1651, in-folio de 1 titre et 30 ff., gravés par Boisseau. — Armoiries des Chevalliers de la Milice du Sainct-Esprit, 49 ff. comprenant 1 titre, les armes du pape Grégoire XV et de Louis XIII, et 91 blasons des dignitaires de l'ordre, dessinés à la plume et coloriés. Ens. 3 ouvrages en 1 vol. pet. in-folio, veau rac., dos orné. (*Rel. anc. fatiguée.*)

Le premier ouvrage se compose de 36 ff., y compris le titre. Sur chaque page figure le portrait-médaillon d'un roi de France, à mi-page, entouré de personnages et de figures allégoriques et accompagné d'une notice biographique, le tout dans un large encadrement sur bois. Rare.

Le *Recueil des noms et armes* de Boisseau comprend 1 titre et 30 ff., gravés en taille-douce d'un seul côté. Chaque f., orné d'un bel encadrement, représente les armes des rois et des reines de France, entourées de celles des principaux personnages de chaque règne.

Lég. mouillures. Déchirure au titre et au dernier f. du premier ouvrage. Le nom d'un possesseur a été découpé. Le second ouvrage est court. Plusieurs ff. déreliés.

288 — **Annales romantiques.** Recueil de morceaux choisis de littérature contemporaine. *Paris, Janet,* 1835, 8 fig. gr. sur acier, cart. toile, tr. dor. — Legouvé : Le Mérite des femmes et autres poésies. *Paris, Janet,* s. d., titre gr. et 5 fig. par Devéria, veau brun, dent. à froid et dorée, milieu et dos orné, dent. intér., tr. dorées. — Poésies de Gœthe. *Paris, Panckoucke,* veau brun, dent. à froid et filets dorés, dos orné, dent. intér., tr. dorées (*Thouvenin*). Ens. 3 vol. in-18, cart. et rel.

Le titre du vol. : Poésies de Gœthe manque.

289 — **Arclais (D') de Montamy.** Traité des couleurs pour la peinture en émail et sur porcelaine. Précédé de l'art de peindre sur l'Émail. *Paris, Caveiller,* 1765. Réflexions critiques sur différentes écoles de peinture, par le marquis D'Argens. *Paris, Rollin,* 1752. 2 ouv. en 1 vol. — L'École de la mignature. Les Secrets de faire les plus belles couleurs ; l'Or bruni et l'Or en coquille. *Paris, Musier,* 1766. L'Art du peintre, doreur, vernisseur. *Paris,* 1776. Supplément et Additions. *Paris,* 1773-1776, 3 part. en 2 vol. in-8°. Ens. 6 ouvrages en 4 vol., rel. veau.

290 — **Art (L')** pour tous. Encyclopédie de l'art industriel et décoratif. Fondateur, Reiber ; directeur, Sauvageot. De l'origine n° 1, 15 janvier 1861, au 31 décembre 1873. 12 années en 12 vol. in-fol., cart.

291 — **Bacon** (Roger). Le Miroir d'Alquimie, de Roger Bacon, philosophe très-excellent, traduict de latin en françois par un gentilhomme du Daulphiné (Jacq. Girard de Tournus). *A Lyon, par Macé Bonhomme,*

1557, 4 parties en 1 vol. pet. in-8°, fig. sur bois, veau fauve, filets, dos orné, tr. roug. (*Rel. anc.*).

Ce recueil contient : Le Miroir d'Alquimie, de Rogier Bacon. — Des choses merveilleuses en nature, où est traité des erreurs des sens, des puissances de l'âme et des influences des cieux (par Claude Célestin). — Roger Bachon : De l'Admirable pouvoir et puissance de l'Art. — L'Élixir des Philosophes, autrement l'art transmutatoire, moult utile, attribué au Pape Jean XXII de ce non : *non encores veu, ny imprimé par cy devant.* Exemplaire court de marges, quelques soulignures et 3 ff refaits. Le dernier est doublé. *Ex-libris* P.-N. Hemey.

292 — **Basan**. Dictionnaire des graveurs anciens et modernes. *Paris, De Lormel*, 1767, 3 vol. in-12. — Dictionnaire portatif des beaux-arts, par M. Lacombe. *Paris*, *Hérissant*, 1766, demi rel.-vel. — Dictionnaire abrégé de peinture et d'architecture (par l'abbé F.-M. de Marsy). *Paris*, 1746, 2 vol. in-12. Ens. 6 vol. rel. veau.

293 — **Béranger** (P.-J. de). Chansons, 1815-1834. — Œuvres posthumes de Béranger. Dernières Chansons. 1834-1851. Ma biographie. *Paris*, *Perrotin*, 1858-1861, 2 vol. in-18, port. — Chansons inédites de P.-J. de Beranger, suivies des procès. *Paris*, *Baudouin*, 1828, in-18. — Les Gaietés de Béranger, 44 chansons érotiques. *Amsterdam*, 1864, in-12. — Chansons complètes et Poésies diverses de M. A.-M. Désaugiers, nouvelle édition, revue, augmentée et précédée d'une notice sur l'auteur par A. de Bougy. *Paris, Delahays*, 1858, in-18. — Recueil de Chansons par G. Nadaud. Deuxième édition. *Paris*, *Vieillot*, 1852, in-12. Ens. 6 vol. in-12 et in-18, dem.-rel. chag., dos ornés et 1 br.

Le vol. de Désaugiers est imprimé sur papier rose.

294 — **Béranger** (P.-J. de). Œuvres complètes, nouvelle édition revue par l'auteur, contenant cinquante-trois gravures sur acier, d'après Charlet, Lemud, Johannot, Grenier, etc., les dix chansons nouvelles et le fac-similé d'une lettre de Béranger. *Paris*, *Perrotin*, 1851, 2 vol. — Musique des chansons de P. J. de Béranger, contenant les airs anciens et modernes les plus usités. Quatrième édition augmentée de la musique des Nouvelles Chansons. *Paris*, *Perrotin*, 1847, 81 fig., par Granville, sur blanc. Ens. 3 vol., gr. in-8°, fig., demi-rel. chag. rouge, dos ornés, têtes peignes, non rogn.

2 fig. manquent aux *Chansons* et 3 à la *Musique*.

295 — **Berquin**. Idylles. *Paris*, *Ruault*, 1775, in-12, fig., veau marb., filets, dos orné, tr. dorées. (*Rel. ancienne*.)

Premier recueil illustré de 1 frontispice et 12 figures, par Marillier, gr. par Gaucher, de Ghendt, etc.

Exemplaire avec les fig. avant les numéros. Le titre manque.

296 — **Bible** (Sainte). La Sainte Bible en latin et en français avec des notes littérales pour l'intelligence des endroits les plus difficiles (par Le Maistre de Sacy), divisée en deux tomes, avec un troisième tome contenant la Concorde des quatre évangélistes, les livres apocryphes, en latin et en français, et plusieurs autres pièces (par le docteur Arnauld). *Paris*, *Lesprez*, 1715, 3 vol. in-folio, frontispice par Galloche, gr. par Audran et vign. par Scotin. — Luyken (Jean). Afbeeldingen der merkwaardigste geschiedenissen van het Oude en Nieuwe Testament, in het Koper geëtst door den vermaarden en Kunstryken Jean Luiken.

Amsterdam, *Mortier*, 1729, 2 parties en 1 vol. in-folio, 1 fleuron par Bernard Piçart, 62 planches doubles par Jean Luyken, 30 vign. et 4 cartes, demi-rel. non rogn. Ens. 4 vol. in-folio, dont 3 rel. veau rac., dos ornés, tr. dor. et 1 demi-rel. (*Rel. anc.*)

297 — **Bibliothèque Elzévirienne**. *Paris*, *Jannet*, 1853-1858, 7 vol. in-12, 6 cart., 1 br.

Les Quinze Joyes de Mariage. — Les Œuvres complètes de F. Villon. — Œuvres de Roger de Collerye. — La Nouvelle Fabrique des excellens traits de vérité, par Ph. d'Alcrippe. — Les Aventures du baron de Fæneste, par T. Agrippa d'Aubigné. — Œuvres complètes de Tabarin, 2 volumes.

298 — **Bibliothèque Gauloise**. *Paris*, *Delahays*, 1858-1863, 6 vol. in-12, pap. vergé, 3 cart., 3 br.

Recueil de Farces soties et moralités. — Vaux de Vire d'Olivier Basselin et de Jean Le Houx. — Le Livre des Proverbes français. Précédé de recherches historiques, par Le Roux de Lincy, 2 vol. — L'Heptameron des Nouvelles de Marguerite d'Angoulême. — Aventures burlesques de Dassoucy.

299 — **Bibliothèque Gauloise**, *Paris*, *Delahays*, 1858-1863. 8 vol. in-12, papier vergé, br.

L'Heptameron des nouvelles, par Marguerite d'Angoulême.— Histoire amoureuse des Gaules, par Bussy-Rabutin, 2 vol — Aventures burlesques de Dassoucy. — Œuvres de Tabarin. — Le Virgile travesti, par Scarron. — Des Periers : Les Nouvelles récréations et joyeux devis. — Œuvres complètes de M. Regnier.

300 — **Bosse** (Abraham). De la Manière de graver à l'eau-forte et au burin et de la manière noire. Avec la façon de construire les presses modernes et d'imprimer en

taille-douce. *Paris*, *Jombert*, 1745, front,, 4 vign. et 19 pl. in-8°, veau.

On y joindra Jansen. Essai sur l'origine de la gravure en bois et en taille-douce. *Paris*, 1808. 2 vol. in-8°, br., incomplet des planches.

301 — **Bosse** (A.). Sentimens sur la distinction des diverses manières de peinture, Dessein et graueure, et des originaux d'avec leurs copies. *Paris*, 1649, demi-rel. — Réflexions sur quelques causes de l'état présent de la peinture en France, avec un examen des principaux ouvrages exposés au Louvre le mois d'août 1746. *La Haye*, *Neaulme*, 1747, veau. L'Art de laver ou la Nouvelle manière de peindre sur le papier, par H. Gautier. *Brusselle*, *Foppens*, 1708, br. Ens. 3 vol. in-12.

302 — **Calepinus** (Ambrosius). Ambrosii Calepini Dictionarium, quanta maxima fide ac diligentia accurate emendatum..... Adiectæ sunt latinis dictionibus hebrææ, græcæ, gallicæ, italicæ, germanicæ, hispanicæ, atque anglicæ. *Lugduni*, *P. Borde*, *Laurentii Arnaud*, 1656, 2 vol. in-folio à deux colonnes, veau granit., dos ornés, tr. roug. (*Rel. anc.*).

Bonne édition contenant les suppléments de J. Passerat et de La Cerda. Déchirure à un angle de la reliure.

303 — **Cent Nouvelles nouvelles** (**Les**). Suivent les Cent Nouvelles contenant les Cent Histoires nouveaux qui sont moult plaisants à raconter en toutes bonnes compagnies, par manière de joyeuseté. *La Haye*, *Gosse*, 1733, 2 vol. — Contes et Nouvelles de Bocace Florentin. Nouvelle édition mis en beau langage, accommodé au goût de ce temps. *La Haye* (*Pa-*

ris, *Gosse et Neaulme*, 1775. 2 vol. Ens. 4 vol. in-12, veau marb., filets, dos ornés, tr. dorées (*Rel. anc. uniforme*).

304 — **Chévigné** (Comte de). Les Contes Rémois, dessins de Meissonier. Troisième édition. *Paris*, *Levy*, 1858, in-12, port. de Chevigné et de Lavalette, fig., demi-rel. mar. rouge, tête dorée, non rog.

Premier tirage des illustrations de Meissonier.

305 — **Coleridge** (Samuel). The Rime of the ancient Mariner. Illustrated by Gustave Doré. *London*, *Doré Gallery*, 1875, in-folio, vign. de titre, front. et 38 planches par Gustave Doré, cart. demi-toile.

Premier tirage des illustrations de Gustave Doré.

306 — **Collection** des auteurs latins, avec la traduction en français, publ. sous la direction de Nisard. *Paris*, *Dubochet*, 1843. 9 vol. gr. in-8°, br.

Poètes : Lucrèce, Virgile, Velerius flaccus. — Horace, Juvenal, Perse, Properce, Gallus, Tibulle, Phèdre, Syrus. — Stace, Martial, Manilius, Lucilius, Rutilius, Gratius, Calpurnius. — Lucain, Silius Italicus, Claudien. — Prosateurs : Tite Live, 2 vol. — Sénèque, le philosophe. — Quintilien et Pline le jeune. — Pétrone, Apulée, Aulu Gelle.

307 — **Contes nouveaux.** Dans un conte, parfois, la la vérité se trouve. *London*, 1781, vign. et culs-de-lampe. — Les Égaremens de Julie (par A.-René Perrin). *Londres* (*Paris*, *Cazin*), 1789, 2 vol. Ens. 3 vol. in-18, veau rac., dos ornés. (*Rel. anc.*)

Le premier ouvrage est entièrement gravé, il est illustré d'une vignette et de 3 culs-de-lampe. Les figures hors texte manquent aux deux ouvrages.

308 — **Danet.** L'Art des armes ou la manière la plus certaine de se servir utilement de l'Épée. *Paris*, 1766, 2 vol. in-8°, portr., front. et 45 planches, veau, tr. rouge.

309 — **Delavigne** (Casimir). L'École des Vieillards, comédie en cinq actes et en vers. *Paris*, *Barba*, 1823, in-8°, maroquin rouge à longs grains, large dentelle à froid et dorée, dos orné, dent. intér., tr. dorées. (*Lesné.*)

Édition originale. Les 8 ff. du Catalogue de l'éditeur manquent.

310 — **Délices** (Les) de la poésie galante. *Paris*, *Ribou*, 1664. — Le Divorce de l'Amour et de l'Hymenée, s. l. n. d. — Satyres nouvelles de M. Benech de Canterac. *Amsterdam*, s. d. — Les Enchaînemens de l'Amour et de la Fortune ou Mémoires du m[is] de Vaudreville, par le m[is] d'Argens. *La Haye*, 1748. — Théâtre d'un poète de Sybaris. *A Sybaris*, 1788, 3 vol. Ens. 7 vol. in-12, rel. et br.

311 — **Descamps** (J.-B.). La Vie des peintres flamands et hollandais, avec des portraits gr. en taille-douce. *Paris*, *Jombert*, 1753, 4 vol., front., portr. — Voyage pittoresque de la Flandre et du Brabant. *Paris*, *Desaint*, 1769, 5 pl., 1 carte. Ens. 5 vol. in-8°. les 4 premiers demi-rel. veau et le 5e veau. (*Rel. anc.*)

312 — **Desfontaines**. Les Bains de Diane ou le Thiomphe de l'amour, poëme (par Desfontaines). *Paris*, *Costard*, 1770, in-8°, fig., veau rac., dos orné, tr. roug. (*Rel. anc.*)

1 titre et 3 figures, par Marillier, gr. par Ghendt, Massard, etc. Lég. mouillures. Éraflures à la reliure.

313 — **Dorat.** Les Baisers, précédés du Mois de Mai. Troisième édition. *A La Haye et Paris, chez Lambert et Delalain,* 1770, in-8°, fig., maroquin vert, 3 filets et fleurons d'angles, dos orné, dent int., tr. dorées. (*Hardy-Mennil.*)

1 front. et 1 figure, par Eisen, gr. par Ponce et de Longueil, 1 fleuron, 22 vignettes et 22 culs-de-lampe, par Eisen et Marillier, gr. par Aliamet, Baquoy, Delaunay, etc.
Le front. est remonté, petite déchirure.

314 — **Dorat.** Fables ou allégories philosophiques. *La Haye et Paris, Delalain,* 1772, gr. in-8°, fig., demi-rel., mar. rouge, dos orné, tr. roug. (*Rel. anc.*)

1 frontispice, 1 figure, 1 fleuron, 1 vign. et 1 cul-de-lampe, par Marillier, gr. par Ponce, Masquelier, etc.
Première édition des Fables de Dorat et premier essai d'illustration pour ce livre.

315 — **Dumortous.** Histoire des Conquêtes de Louis XV, tant en Flandre que sur le Rhin, en Allemagne et en Italie, depuis 1744, jusques à la paix conclue en 1748. Ouvrage enrichi d'estampes, représentant les sièges et batailles, et de plans des principales villes assiégées et conquises. *Paris, De Lormel,* 1759, in-folio, 1 portrait-frontispice par Boucher, gr. par Lempereur, 6 fleurons et culs-de-lampe, 6 vign. et 27 figures par Eisen, Boquet, etc., 14 cartes et plans. — Fleurimont (G.-R.). Médailles du Règne de Louis XV. S. l. n. d., texte gr., front., titre et 78 planches de médailles dans des encadrements historiés. Ens. 2 vol. in-folio, veau rac. et cart.

Le plan de Bruges manque au premier ouvrage, déchirure à 2 ff. Lég. mouillures au second volume. Reliures fatiguées.

316 — **Dupont-Auberville.** Art industriel. L'Ornement des tissus. Recueil historique et pratique, avec des notes explicatives et une introduction générale. Dessins par M. Kreutzberger, lithographies par M. Régamey. Cent planches en couleurs, or et argent, contenant les plus beaux motifs d'après les pièces originales. *Paris, Bachelin Deflorenne*, 1875, in-folio, en livraisons dans un carton.

On y joindra : Grimonprez : Tissage analysé. *Saint-Quentin*, 1878, in-4°. Atlas seul, 136 planches, br.

317 — **Épictète.** Manuel d'Épictète et Tableau de Cébès, en grec, avec une traduction française, par Lefébure Villebrune. *Paris, Gail*, l'An troisième (1795), 2 tomes en 1 vol. in-18, maroquin, citron, dent., dos orné, dent. intér., tr. dorées. (*Rel. anc.*). — La Rochefaucauld : Maximes et Réflexions morales. *Londres* (*Paris, Cazin*), 1784. — Duclos : Considérations sur les mœurs de ce siècle. *Londres* (*Paris, Cazin*), 1784, portrait. — Montesquieu : Défense de l'Esprit des loix, à laquelle on a joint quelques éclaircissements (par Montesquieu). *Genève, Barrillot*, 1750, in-12. Ens. 4 vol. in-12 et in-18, dont 1 rel. mar. et 3 veau rac., dos ornés. (*Rel. anc.*)

Le portrait de La Rochefoucauld manque.

318 — **Erasme.** Eloge de la folie, nouvellement traduit du latin par M. de la Veaux. Avec les figures de Jean Holbein, grav. d'après les dessins originaux. *Basle, Thurneysen*, 1780, in-8 cart., non rogn.

319 — **Faujas de Saint-Fond.** Description des expériences de la Machine aérostatique de MM. de Montgolfier et de celles auxquelles cette découverte a donné

lieu ; suivie de recherches sur la hauteur... d'un mémoire sur le gaz inflammable, d'une lettre sur les moyens de diriger ces machines, etc. Ouvrage orné de 9 planches en taille-douce. *Paris et Bruxelles*, *Le Francq*, 1784, in-8, fig., veau rac., dos orné, tr. roug. (*Rel. anc.*).

320 — **Fromageot.** Anecdotes de la Bienfaisance ou Annales du règne de Marie-Thérèse, dédiées à la Reine. Ouvrage enrichi de très belles figures. *Paris*, *Nyon*, 1777, in-8, fig., veau rac., dos orné, tr. roug. (*Rel. anc.*).

2 portraits en médaillon, gr. par Gaucher, d'après Moreau et 4 figures par Moreau, gr. par De Launay, Duclos, etc. Lég. mouillures.

321 — **Furetière** (Antoine). Nouvelle Allégorique ou Histoire des derniers troubles arrivez au Royaume d'Eloquence (par A. Furetière). Seconde édition revue et corrigée. *Paris*, *G. de Luyne*, 1659, in-12. — Santeuilliana ou les bons mots de Monsieur Santeüil, avec un abrégé de sa vie. *La Haye*, *Joseph Crispin*, 1708, in-8. — Duëz : Le Guidon de la langue italienne. *Amsterdam*, *D. Elzevier*, 1670. — Delaunay : Méthode pour apprendre à lire le François et le Latin par un sistème si aisé et si naturel qu'on y fait plus de progrès en trois mois qu'en trois ans par la méthode ancienne et ordinaire. *Paris*, *Moette*, 1741. — Pernety : Dictionnaire mytho-hermétique dans lequel on trouve les allégories fabuleuses des poètes, etc. *Paris*, *Delalain*, 1787, in-8. Ens. 6 vol. in-8 et in-12, rel. veau et vélin.

322 — **Gaigne (de).** Encyclopédie poétique ou Recueil complet de chef-d'œuvres (*sic*) de poésie sur tous les

sujets possibles, depuis Marot, Malherbe, etc., jusqu'à nos jours. Dédiée à M. de Voltaire. *Paris, chez l'auteur*, 1778-1781. 18 vol. in-8°, 1 front et 16 portraits d'après Rigaud, Santerre, S. Bourdon, etc., veau marb., filets, dos ornés, tr. marb. (*Rel. anc.*).

323 — **Gavarni.** Perles et Parures. Les Parures, fantaisie par Gavarni, texte par Méry. Histoire de la mode, par le comte Fœlix. *Paris, de Gonet, Martinon*, etc., gr. in-8°, 15 figures hors texte, br., couv. ill.

Premier tirage des illustrations de Gavarni.
Exemplaire avec les figures tirées sur papier de Chine appliqué. Le frontispice manque.

324 — **Goncourt** (Edm. et J. de). Mystères des Théâtres de 1852, *Paris*, 1853. — Histoire de la Société française pendant la Révolution et le Directoire. *Paris, Dentu*, 1854-1855, 2 vol. Ens. 3 vol. in-8°, br.

Édition originale de : Mystères des Théâtres et du premier volume de la Société.

325 — **Granval.** Le Vice puni, ou Cartouche, poëme. Nouvelle édition revue, corrigée et augmentée, dans laquelle il y a dix-sept figures. *Anvers et Paris, Laurent-Prault*, 1768, in-8°, fig., veau rac., dos orné, tr. roug. (*Rel. anc.*).

1 frontispice et 16 figures par Bonnart, gr. par Scotin.

326 — **Guichard** et **Darcel.** Les Tapisseries décoratives du Garde-Meuble (Mobilier national). Choix des plus beaux motifs, par Ed. Guichard, texte par Alfred Marcel. *Paris, Baudry*, s. d. (1881), in-folio, 106 planches en héliogr., en livraisons.

Exemplaire contenant 5 planches supprimées (sur 6). Une notice manque.

327 — **Guillet**. Les Arts de l'Homme d'épée, ou le Dictionnaire du gentilhomme, contenant : l'Art de monter à cheval et l'Art militaire expliqué, dédié à Monseigneur le Dauphin. *Paris, Gervais Clouzier*, 1678, 2 parties en 1 vol. in-12, 2 planches hors texte, veau granit., dos orné, tr. roug. (*Rel. anc.*)

328 — **Halévy** (Ludovic). Récits de Guerre. L'Invasion, 1870-1871. Dessins, par L. Marchetti et Alfred Paris. *Paris, Boussod, Valadon*, s. d. (1891), gr. in-4°, fig. en noir et en couleurs, demi-rel., dos et coins de chag. rouge, tête dorée, non rogn., couv. ill. cons. (*Durvand-Thivet.*)

329 — **Haraucourt** (Ed.). Le Sire de Chambley. La Légende des Sexes, poëmes hystériques. *Imprimé à Bruxelles pour l'auteur*, 1882, in-8°, br., couv. imp.

Édition originale, tirée à 200 exemplaires num. et paraphés par l'auteur. Rare. Bel exemplaire.

330 — **Histoire** et Avantures de Dona Rufine, fameuse courtisane de Séville (par A. Le Metel d'Ouville). *La Haye, Van Dole*, 1743, 2 tom. en 1 vol., 8 fig. — Honny soit qui mal y pense ou Histoires des Filles célèbres du XVIIIe siècle (par Desboulmiers). *Londres*, 1775, 3 tom. en 1 vol., demi-rel. — Les Filles publiques de Paris et la Police qui les régit, par A. Béraud. *Paris*, 1839, 2 vol. br. Ens. 4 vol. in-12.

331 — **Husson** (Mme). Boca ou la Vertu récompensée. Conte nouveau. *Londres et Paris, Duchesne*, 1756, in-12, maroquin vert, 3 filets, dos orné, dent. intér., tr. dorées. (*Rel. anc.*)

Aux armes de Béatrix de Choiseul-Stainville, duchesse de Gramont.

332 — **Imbert**. Le Jugement de Pâris, poème en IV chants, suivi d'œuvres mêlées. Nouvelle édition corrigée et augmentée. *Amsterdam* (*Paris*), 1774, in-8°, fig., demi-rel. bas., tr. jasp.

1 titre et 4 figures, par Moreau, gr. par Née. Masquelier, etc., et 4 vign. par Choffard. Le titre, coupé au cadre, est remonté. Mouillures et taches.

333 — **Journal de Paris**. Année 1785, 365 numéros en 3 vol., gr. in-8° carré, demi-rel. dos et coins de veau fauve, dos ornés, tr. jasp. (*Rel. anc.*)

334 — **Journée de l'Amour** ou Heures de Cythère. *A. Gnide*, 1776, in-8°, fig., demi-rel. veau rac., dos orné, tr. roug. (*Rel. anc.*)

Ouvrage dû à la collaboration de Favart, la Comtesse de Turpin, Boufflers, Guillard et Voisenon. Illustré de 4 fig. et 8 culs-de-lampe, par Taunay, gr. par Macret, Michel, etc.

335 — **La Fayette** (Mme de). La Princesse de Clèves. Nouvelle édition. *Amsterdam*, *Ab. Wolfgang* (*à la Sphère*), 1693, pet. in-12, vélin blanc, tr. jasp. (*Rel. ancienne.*)

336 — **La Morlière**. Angola, histoire indienne, ouvrage sans vraisemblance. Nouvelle édition revue et corrigée. *A Agra*, 1751, 2 parties en 1 vol. in-12, fleuron et vignette. — Mirza et Fatmé, conte indien, traduit de l'arabe (par J.-B. Saurin). *La Haye* (*Paris*), 1754. — Aminta, favola boscareccia, di Torquato Tasso. *In Parigi*, *Prault*, 1745, titre gr. avec fleuron et 9 vign. par Cochin fils, gr. par Aveline, non sign. — Il Pastor Fido, tragicom. pastor. del. cav. Guarini. *In Parigi*, *Prault*, 1768, port. par Demautort, 1 titre par Moreau le Jeune et 6 vign.

par Cochin, gr. par Prévost. — Aminta, favola, boscareccia di Torquato Tasso. *Parigi, Prault*, 1768, 1 titre et 8 vign. par Cochin. 2 ouvrages en 1 vol. Ens. 5 ouvrages en 4 vol. in-12, vign., veau rac. dos ornés, tr. roug. (*Rel. anc.*)

Premier tirage des vignettes de Cochin, pour l'*Aminta*. Déchirure au titre d'*Angola*.

337 — **Laujon** (De). Les A Propos de Société ou Chansons de M. L. (Laujon), 2 vol. — Les A Propos de la Folie ou Chansons grotesques, grivoises et Annonces de parade. *S. l.* (*Paris*), 1776. Ens. 3 vol. in-8, fig. et musique notée, veau rac., dos ornés, tr. marb. (*Rel. anc.*).

3 titres-front., 3 figures, 3 vign. et 3 culs-de-lampe, par Moreau, gr. par Duclos, De Launay, Simonet, etc.

338 — **Le Sage**. Histoire de Gil Blas de Santillane, vignettes par Gigoux. *Paris, Paulin*, 1836, gr. in-8, port. sur papier de Chine volant et nombr. fig., veau bleu, filets à froid et dorés encadrant les plats, fleurons d'angles, dos orné, dent. intér., tr. marb. (*Rel. romantique*).

339 — **Liébaut** (Jean). Quatre livres des Secrets de Médecine et de la philosophie chimique. Faicts françois par M. Jean Liébaut..... Esquels sont descrits plusieurs remèdes singuliers pour toutes maladies, etc. *A Paris, chez Jacques du Puys*, 1579, pet. in-8, fig., sur bois, veau vert, dos orné, tr. vertes.

Raccommodages à plusieurs ff. Rousseurs.

340 — **Londres** et ses environs ou Guide des voyageurs, curieux et amateurs dans cette partie de l'Angleterre,

par M. D. S. D. L. (de Serre de Latour). *Paris*, *Buisson*, 1788, 2 vol. in-12, 1 carte et 9 planches se dépliant. — Quinze jours à Londres à la fin de 1815, par M. (Defaucompret). Seconde édition revue et corrigée. *Paris*, *Eymery*, 1817, in-8, br. — Six mois à Londres en 1816, suite de l'ouvrage ayant pour titre : Quinze jours à Londres à la fin de 1815, par le même auteur (Defaucompret). *Paris*, *Eymery*, 1817, in-8, br. Ens. 4 vol. in-8 et in-12, rel. veau rac., dos ornés (*Rel. anc.*) et br., couv. muettes.

Mouillures aux deux derniers volumes.

341 — **Longus**. Les Amours pastorales de Daphnis et Chloé. *S. l.* (*Paris*), 1745, in-12, front. et fig., veau granit., filets, dos orné, tr. dorées. (*Rel. anc.*).

Réimpression de l'édition de 1731. Frontispice, 8 figures, 4 vignettes et 4 culs-de-lampe par Scotin.

342 — **Marguerite de Navarre.** L'Heptaméron des nouvelles de très haute et très illustre princesse Marguerite d'Angoulême, royne de Navarre, nouvelle édition publiée avec des notes et une notice par P.-L. Jacob. — Œuvres de Philippe Desportes, avec une introduction et des notes par A. Michiels, front. *Paris*, *Delahays*, 1858. Ens. 2 vol. in-12 pap. vergé, veau fauve, filets et fleurons dent. intér., tr. dorées.

343 — **Martial d'Auvergne**. Les Arrêts d'amours, avec l'Amant rendu cordelier, à l'observance d'amours, par Martial d'Auvergne, dit de Paris. Accompagné des commentaires juridiques et joyeux de Benoit de Court, jurisconsulte. Dernière édition, corrigée, augmentée de plusieurs Arrêts, de notes et d'un

glossaire des anciens termes (par Langlet Du Fresnoy). *Amsterdam, François Changuion*, 1731, in-12, maroquin rouge jans., dent. intér., tr. dorées (*Hardy-Mennil*).

Bel exemplaire lavé et encollé, mais sans le *Glossaire*.

344 — **Médecine**. Trois livres de l'embellissement et ornement du corps humain, pris du latin de Jean Liébaut. *Lyon, Benoist-Rigaud*, 1594, in-12, vel. — Toutes les œuvres charitables de Philbert Guybert, *Paris*, 1660, in-8, vel. — Les douzes clefs de Philosophie. Traictant de la vraye medecine metalique plus l'Azoth, ou le moyen de faire l'or caché des philosophes. *Paris*, 1660. — Traicté de la nature de l'œuf des philosophes, par Bernard. *Paris*, 1659, 3 parties en 1 vol. in-12, veau. — Remèdes souverains et secrets experimentez par M. le chevalier Digby. *Paris*, 1684, in-12, demi-rel. — L'Ecole de Salerne, par M.B.L.M. *Paris*, 1777. — Histoire de l'efficacité de l'eau et de son influence sur la santé, et la beauté du corps, par Edward Rowe. *Paris*, 1824, demi-rel. Ens. 6 vol.

345 — **Mercier**. Tableau de Paris. Nouvelle édition corrigée et augmentée. *Amsterdam*, 1782, 8 tomes en 4 vol. in-8°. — Mon Bonnet de nuit. *Neuchatel*, 1784. 2 vol. in-8°. — L'an deux mille quatre cent quarante. *S. l.* 1786. 3 vol. in-12, 1 fig. de Marillier (sur 3 fig.). Ens. 13 tomes en 9 vol. veau.

Les titres des tomes 1, 3, 5, 7, du Tableau de Paris manquent.

346 — **Millot**. Tableaux de l'Histoire Romaine ; ouvrage posthume. abrégé de Millot par lui-même, orné de

48 figures qui en représentent les traits les plus intéressants. *Paris, Gay et Gide*, An IV (1796), in-folio, 48 planches par Saint-Aubin, Eisen, Gravelot, etc., gr. par Tardieu, Gaucher, Courtois, demi-rel., dos et coins de mar. roug, tête dorée, non rogn.

Lég. mouillures.

347 — **Molière.** Œuvres, précédées d'une notice sur sa vie et ses ouvrages, par M. Sainte-Beuve ; vignettes par Tony Johannot. *Paris, Paulin*, 1835-1836, 2 vol. gr. in-8°, port. et nomb. fig, veau bleu, 4 filets et fleurons d'angles encadrant les plats, dos ornés, dent. intér., tr. marb. (*Rel. romantique.*)

Premier tirage des illustrations de Tony Johannot. Légères rousseurs.

348 — **Napoléon Ier.** Fêtes à l'occasion du mariage de S. M. Napoléon, Empereur des Français, roi d'Italie, avec Marie-Louise, archiduchesse d'Autriche. Recueil de gravures au trait, représentant les principales décorations d'architecture et de peinture, etc., avec une description, par M. Goulet. *Paris, Soyer*, 1810, in-8°, 54 planches hors texte, demi-rel. chag, rouge, dos orné, tr. jasp.

349 — **Neel.** Voyage de Paris à Saint-Cloud, par mer, et retour de Saint-Cloud à Paris, par terre. *Paris*, 1762, 1 fig., in-12. — Voyage pittoresque des environs de Paris, par M. D. Dezallier d'Argenville. *Paris, De Bure*, 1768, in-12, front. — The Rivers of France, from engravings by W. Turner. *London*, 1827, in-8°, titre grav. et 59 pl. Ens. 3 vol.

350 — **Nogaret.** (Félix). Le Fond du Sac, ou restant des Babioles de M. X..., membre éveillé de l'Académie des Dormans. *Venise* (*Paris*, *Cazin*), *chez Pantalon-Phébus*, 1780, 2 tomes en 1 vol. in-18, vign., demi-rel., dos et coins de chag. vert, dos orné, tête dorée, ébarb. (*Dégris*.)

9 jolies vignettes, par Durand. Le frontispice manque.

351 — **Ornement des tissus.** Recueil de 45 dessins à la mine de plomb, et 34 à la plume aux encres de couleur sur papier calque, en 1 album in-fol. oblong.

352 — **Owen Jones.** Grammaire de l'ornement, illustrée d'exemples pris de divers styles d'ornement. *Londres*, *Day and Son*, s. d. in-4°, 112 pl. en couleurs, cart. toile, fers spéciaux, tr. dor.

353 — **Papillon** (J.-M.). Traité historique et pratique de la gravure sur bois, par J.-M. Papillon, ouvrage enrichi des plus jolis morceaux de sa composition et de sa gravure. *Paris*, *Guillaume Simon*, 1766, 2 vol. in-8°, port., planches hors texte en camaïeu et nomb. vign. dans le texte, bas. rac., dos ornés, tr. roug. (*Rel. anc.*)

354 — **Paris** et ses monuments anciens et modernes d'après Dubreuil, Sauval, Félibien, Piganiol, Delamare, Jaillot, etc., et les Historiens modernes de Paris les plus estimés, par J. de Marlès. Atlas. *Paris*, *Parent-Desbarres*, s. d., in-4°, cart. demi-toile.

Atlas de Marlès, contenant 12 plans d'arrondissements, 25 plans de quartiers et 163 planches.

355 — **Pascal**. Les Provinciales ou les Lettres écrites, par Louis de Montalte, à un Provincial de ses amis, et aux RR. PP. Jésuites : Sur le sujet de la Morale et de la Politique de ces Pères. *A Cologne, chés Pierre de la Vallée*, 1657, pet. in-12, veau rac., dos orné, tr. roug. (*Rel. anc.*)

Seconde édition elzévirienne parue sous la même date que la première. 3 ff. intervertis.

356 — **Piganiol de la Force.** Nouvelle description de la France dans laquelle on voit le gouvernement général de ce royaume, celui de chaque province en particulier, et la description des villes, châteaux, etc. *Paris, Delaulne*, 1718, 6 vol. in-12, front. et 13 planches se dépliant, maroquin rouge jans., dent. intér., tr. dorées. (*Rel. anc.*)

357 — **Piles** (Roger de). Dissertation sur les ouvrages des plus fameux peintres, dédiée à Mgr le Duc de Richelieu. *Paris, Langlois*, s. d. — Abrégé de la Vie des Peintres, avec des réflexions sur leurs ouvrages et un traité du peintre parfait, de la connaissance des desseins, de l'utilité des estampes. *Paris, Estienne*, 1715, front. par Coypel. — Cours de peinture par principes. *Paris, Estienne*, 1708, front. — Elémens de peinture pratique, nouvelle édition refondue et aug., par Ch. Antoine Jombert. *Paris, Jombert*, 1766, 5 pl. — L'Art de peinture, de A. Du Fresnoy, traduit en français, enrichi de remarques, par Monsieur de Piles. *Paris, Jombert*, 1751. — Monier : Histoire des Arts qui ont rapport au dessin, divisé en trois livres. *Paris, Giffart*, 1698, front. — Watelet. L'Art de peindre, poëme avec des réflexions sur les différentes parties de la

peinture *Paris, Guérin*, 1760, pet. in-8°, front., fleuron, 5 vign., 8 portraits-médaillons, 6 culs-de-lampe et 2 pl. hors texte, par Pierre et Marguerite Lecomte, demi-rel. Ens. 7 vol. pet. in-8° et in-12, dont 6 rel. veau et 1 demi-rel., veau fauve.

358 — **Polignac** (C[al] de). L'Anti-Lucrèce, poëme sur la religion naturelle, traduit par M. de Bougainville. *Paris, Desaint et Saillant*, 1749, 2 vol. gr. in-8°, port. et vign., veau rac., dos ornés, tr. rouge. (*Rel. anc.*)

1 beau portrait, par Rigaud, gr. par Daullé, 10 vignettes et 4 culs-de-lampe, par Eisen, gr. par Delafosse et Tardieu. Bel exemplaire.

359 — **Poncet de La Grave**. Projet des Embellissemens de la Ville et Fauxbourgs de Paris. Seconde partie. *Paris, Duchesne*, 1756, in-12, front. gr. par Lucas, veau rac., dentelle, dos orné, gardes de papier doré, tr. marb. (*Rel. anc.*)

Aux armes de Charles de Maupeou, chancelier de France, accompagnées de l'inscription : « De la part de l'auteur ». Mouillures.

360 — **Racinet** (A.). L'Ornement polychrome. Cent planches en couleurs, or et argent contenant environ 2,000 motifs de tous les styles. Recueil historique et pratique, publié sous la direction de M. A. Racinet, avec des notices explicatives et une introduction générale. *Paris, Firmin-Didot*, s. d. (1873), in-folio en feuilles, dans un carton.

361 — **Reliure aux armes**. Buvard in-4° (290×210 mill.), maroquin rouge à long grain, large dentelle à rinceaux, filets et fers couvrant presque entièrement

les plats, dos orné, doublures et gardes de tabis bleu, dent. int.

Au chiffre couronné du roi Louis-Philippe Ier.
Rel. légèrement défraîchie.

362 — **Reliure aux armes.** Connaissance des temps ou des mouvements célestes pour 1844. *Paris, Bachelier*, 1841, gr. in-8°, maroquin rouge à long grain, filets et fers, dos orné, doublures et gardes de tabis bleu, dent. int., tr. dorées (*Rel. de l'époque*). — Almanach de la Cour, de la Ville et des Départements pour l'année 1834. *Paris, Janet*, in-18, titre et 4 fig. gr., rel. et étui en maroquin rouge à long grain, filet doré et grecque à froid, dos ornés, tr. dorées. (*Rel. de l'époque.*) Ens. 2 vol. gr. in-8° et in-18.

Le premier volume est aux armes de France : d'azur à la Charte.

363 — **Reliure aux armes.** Deshayes : Physique du monde. *Versailles, Blaizot*, 1775, in-8°, maroquin rouge, 3 filets, dos orné, dent. intér., tr. dorées. (*Rel. anc.*)

Aux armes du comte de Provence, plus tard Louis XVIII.

364 — **Reliure aux armes.** Des Tropes ou des Différens sens dans lesquels on peut prendre un même mot dans une même langue, par M. Dumarsais. *Paris, Laurens*, 1803, in-12, veau granit., dent. dos orné, dent. intér., tr. marb. (*Rel. anc.*)

Aux armes et au chiffre de l'empereur Napoléon Ier.

365 — **Reliure aux armes.** Mercure de France. Aoust, Septembre, Octobre, Décembre 1771. *Paris, chez*

Lacombe. 4 vol. in-12, maroquin rouge, 3 filets, dos ornés, tr. dorées. (*Rel. anc.*)

Les 3 vol. Aoust, Octobre, Décembre, sont aux armes de Mme Du Barry ; le vol. de Septembre aux armes du roi Louis XV.

366 — **Reliures aux Armes.** Office de la Semaine Sainte et de l'Octave de Pasque, en latin et en français. *Paris, Delaulne,* 1705. — Office de la Semaine Sainte. *Paris, Collombat,* 1726. Ens. 2 vol. in-12, maroquin rouge, filets et dent., dos ornés, pet. dent. intér., tr. dorées. (*Rel. anc.*)

Le premier volume est aux armes de Philippe, duc d'Orléans, Régent de France, avec son chiffre aux angles et sur le dos. Le second volume est aux armes de Louis XV.

367 — **Reliure aux Armes.** L'Office de la Quinzaine de Pasque, latin-français, pour la Maison de Monseigneur le duc d'Orléans. *Paris, d'Houry,* 1755, in-8°, front. gr., maroquin rouge, dos orné, pet. dent. intér., tr. dorées. (*Rel. anc.*)

Aux armes de Philippe-Joseph Orléans-Egalité.

On y joindra : L'Office du Martyre de Saint Jean, devant la Porte Latine à Rome. *Paris,* 1768, in-8°, veau granit., dent., dos fleurdelysé, tr. dor. (*Rel. anc.*)

368 — **Reliure aux Armes.** Orion, tragédie (par Lafont, terminée par Pellegrin) représentée par l'Académie Royale de musique le 17 Février 1728. *Paris, Imp. Ballard,* 1728, in-4°, veau fauve, filets, dos orné, pet. dent. intér., tr. dorées. (*Rel. anc.*)

Aux Armes royales.

369 — **Reliure aux Armes.** Visites et études de S. A. I. Le Prince Napoléon au Palais de l'Indus-

trie, ou Guide à l'Exposition de 1855. *Paris, Perrotin*, 1855, in-12, maroquin vert, 3 filets, dos orné d'abeilles et de petits fers, dent. intér., doublures et gardes de moire blanche, tr. dorées.

Très fraîche reliure au chiffre et aux armes de S. M. l'Impératrice Eugénie.

370 — **Représentation** des Fêtes données par la Ville de Strasbourg pour la convalescence du Roi (Louis XV), à l'arrivée et pendant le séjour de Sa Majesté en cette ville. Inventé, dessiné et dirigé par J.-M. Weis, graveur de la ville de Strasbourg. *Paris, Imprimé par Laurent Aubert* (1744), in-folio, br.

Titre gr., 11 planches doubles par Weis, gr. par Patas, et 10 ff. de texte gr. avec vign. et encadrements.
Taches et raccommodages au dernier f.

371 — **Restif de La Bretonne.** Monument du Costume physique et moral de la fin du XVIIIe siècle ou tableaux de la vie, ornés de vingt-six figures dessinées et gravées par Moreau le Jeune et par d'autres célèbres artistes. Texte par Restif de La Bretonne, revu et corrigé par M. Charles Brunet. Préface par M. Anatole de Montaiglon. *Paris, Willem*, 1876, in-folio, 26 figures d'après Moreau et Freudenberg, demi-rel. dos et coins de mar. rouge, tête dorée, non rogn.

372 — **Revue du Régiment des Gardes Suisses** faite par le Roi à la Plaine des Sablons, le 8 May 1787. Manuscrit in-4° de 12 ff., maroq. vert, dent. doublé de tabis rose, dos orné, dent. intér., tr. dor. (*Rel. anc.*)

Aux armes de Louis XVI.
Manuscrit précieux ayant servi au Roi Louis XVI pour

passer la revue dans la plaine des Sablons, le 8 mai 1787. C'est un état donnant la composition du Régiment des Gardes Suisses avec les noms des officiers de l'état-major et des officiers de compagnie, le nombre des hommes, les absents et les causes d'absence, Une récapitulation générale, le tout certifié par l'Ecuyer Commissaire Général des Suisses, Girardot De Vermenoux, termine ce manuscrit.

Cette pièce unique est d'une conservation tout à fait remarquable. Moreau le Jeune dans son estampe : La Revue de la plaine des Sablons, représente le roi à cheval avec ce livre à la main. Nous joindrons l'estampe de Moreau grav. par Malbeste Liénard et Née.

373 — **Robida** (A.). Le Voyage de M. Dumollet. Texte et dessins par A. Robida. *Paris, Decaux*, s. d. (1883), in-4°, nomb. fig. en noir et en couleurs. — Kate Greenaway : Mother Goose or the old nursery rhymes, illustrated by Kate Greenaway. *London*, s. d. — Poèmes enfantins, par Jane et Ann Taylor, ill. de Kate Greenaway. *Paris, Hachette*, 1883. — La Lanterne magique, par Levoisin, avec les dessins de Kate Greenaway. *Paris, Hachette*, s. d. — Nous deux, par J. Girardin, ill. de Sowerby et Emmerson. *Paris, Hachette*, s. d. Ens. 1 vol. in-4° et 4 albums gr. in-8° et in-12, cart. de l'éditeur.

374 — **Rousseau** (J.-J.). Collection complète des œuvres de J.-J. Rousseau. *Londres*, 1774-1783. 12 vol. in-4°, portrait, fig., veau marbr. fil., dos ornés, tr. marbr. (*Rel. anc.*)

Portrait de Rousseau par Saint-Aubin, 12 fleurons sur les titres par Choffard, Le Barbier et Moreau et 37 figures par Moreau et Le Barbier.

Belles épreuves.

375 — **Sacrifice** (Le) de l'Amour, ou la Messe de Cythère, suivi du sermon prêché à Gnide et d'un nouveau Dictionnaire de l'Amour. (Publ. par le Dr J.-B. de Saint-Crieq) *Sybaris*, 1809. — Nouveau Tableau de l'Amour conjugal, par Bousquet. *Paris*, 1820, 2 vol. — La Grammaire de l'Amour à l'usage des gens du monde, par Vemar. *Paris*, 1858. — Bréviaire de l'Amour expérimental, par le Dr J. Guyot. *Paris*, 1882. 5 vol. in-12, 3 broch., 2 demi-rel.

376 — **Siret.** Dictionnaire historique des Peintres de toutes les Écoles, depuis les temps les plus reculés jusqu'à nos jours. *Bruxelles*, 1848, in-4°. — Dictionnaire des Artistes, par M. l'abbé F. (Fontenay). *Paris*, 1776, 2 vol. in-12. — Guide des Amateurs de tableaux, pour les Écoles allemande, flamande et hollandaise, par Gault de Saint-Germain. *Paris, Renouard*, 1818, 2 vol. in-12. Ens. 5 vol., demi-rel.

377 — **Surville** (Mme de). Poésies de Marguerite-Éléonore-Clotilde de Vallon-Chalys, depuis Mme de Surville, poète français du xve siècle, publiées par Ch. Vanderbourg. *Paris, Impr. Didot*, An XII (1804), in-12, front., 7 figures et 4 ff. de musique gr., maroquin bleu à long grain, filet doré et dentelle à froid, milieux ornés à froid et dorés, dos orné, dent. intér., tr. dorées. (*Rel. romantique.*)

378 — **Swift** (J.). — Voyages de Gulliver dans des contrées lointaines. Édition illustrée, par Grandville. *Paris, Furne, Fournier*, 1838, 2 vol. in-8°, nomb. fig., demi-rel. veau rouge, dos ornés, tr. marbr. (*Rel. romantique.*)

Premier tirage des illustrations de Grandville. Rousseurs.

379 — **Swift.** Le Conte du Tonneau. *La Haye*, 1757, 3 vol. in-12 veau. — Tansai et Neaddarmé, histoire japonaise (par Crébillon fils). *Pékin*, 1758, 2 vol. in-18, fig., br. — Anti Rousseau, par le poète sans fard (Gacon). *Rotterdam*, 1712, in-12, veau. Ens. 6 vol.

380 — **Tabourot** (Estienne). Les Bigarrures et Touches du Seigneur des Accords (Estienne Tabourot). Avec les apophtegmes du sieur Gaulard, et les Escraignes Dijonnoises. Dernière édition revue et de beaucoup augmentée. *A Rouen, chez Jean Berthelin, et Geuffroy*, 1620-1621, 5 parties en 1 vol. in-12, portraits et fig. sur bois, veau granit., dos orné, tr. roug. (*Rel. anc.*)

Ce recueil se compose de cinq parties avec titres et paginations séparées : Les Bigarrures. *Rouen, Berthelin*, 1620. — Le quatriesme (livre) des Bigarrures. *Rouen, Berthelin*, 1620. — Les Touches du Seigneur des Accords. *Rouen, Geuffroy*, 1621. — Les Escraignes Dijonnoises (composées par Du Buisson, baron de Graimas), recueillies par le sieur Des Accords. *Rouen, Berthelin*, 1620. — Les Contes facécieux du sieur Gaulard, *Rouen, Bertelin* (sic), 1620. Trous de ver, cachet de la Bibliothèque de Cayrol sur le titre.

381 — **Théâtre des Boulevards,** ou Recueil de Parades. *A Mahon, imp. Langlois*, 1756, 3 vol., front. — Théâtre de Société, nouvelle édition, revue, corrigée et augmentée. *La Haye et Paris, Gueffier*, 1777, 3 vol. Ens. 6 vol. in-12, veau rac., dos ornés, tr. roug. (*Rel. anc.*)

382 — **Vadé.** Œuvres de M. Vadé, ou Recueil des opéra-comiques, parodies et pièces fugitives de cet auteur, avec les airs, rondes et vaudevilles notés.

Nouvelle édition. *Paris, Duchesne*, 1758, 3 vol., port. par Richard, gr. par Ficquet. — Œuvres posthumes de M. Vadé, pour servir de tome quatrième aux œuvres de cet auteur. *Londres et se trouvent à la Halvilaver-guerricomique*, 4071701. — Œuvres de Chaulieu, d'après les manuscrits de l'auteur. *La Haye et Paris, Bleuet*, 1774, 2 vol., port. par De Troy, gr. par Hubert. Ens. 6 vol. in-8°, veau rac., dos ornés, tr. roug.

383 — **Vinci** (Léonard de). Traité élémentaire de la peinture, avec 58 fig. d'après les dess. originaux de Le Poussin, dont 32 sur 34 en taille douce. *Paris, Deterville*, 1803, in-8° demi-rel. — Œuvres d'Étienne Falconet, statuaire. *Lausanne*, 1781, 6 vol. in-8°, demi-rel. — Réflexions critiques sur la poésie et sur la peinture, par l'abbé Du Bos. *Dresde*, 1760, 3 vol. in-12, veau. Ens. 10 vol.

384 — **Virgilius**. Publii Virgilii Maronis Opera. Curis et Studio S. A. Philippe. *Lutetiæ Parisiorum, Coustelier*, 1745, 3 vol. in-12, 18 fig. par Cochin, gr. par Duflos, 25 en-têtes et 20 culs-de-lampe. — Phædri Augusti liberti Fabularum Æsopiarum. Libri quinque. *Parisiis, Coustelier*, 1742, 5 vign. par Pierre. — Quinti Horatii Flacci. Poëmata, instar commentarii illustrata a Joanne Bond. *Aurélianis, Couret de Villeneuve*, 1767. Ens. 5 vol. in-12, dont 4 rel. veau rac., filets, dos ornés (*Rel. anc.*) et 1 demi-rel.

385 — **Voltaire**. La Henriade, poème, suivi de quelques autres poèmes de Voltaire. *S. l. (Kehl), de l'Imprimerie littéraire-typographique*, 1789, gr. in-4°

papier vélin, fig. et port. maroquin rouge à longgrain, dentelle à froid et dorée, dos orné, dent. intér., tr. dor. (*Rel. anc. défraîchie.*)

1 portrait gr. par Tardieu, d'après Pourbus et 10 figures par Moreau, gr. par Trière, Dambrun, Patas, etc. Mouillures.

386 — **Voltaire.** Abrégé de l'Histoire universelle depuis Charlemagne, jusques à Charlequint (*sic*). *Londres, Jean Nourse*, 1753, 2 vol. in-12, maroquin rouge, 3 filets, dos ornés, tr. dorées. (*Rel. anc.*)

Édition originale.

387 — Sous ce numéro, seront vendus environ 300 volumes non catalogués.

CÉRAMIQUE

PORCELAINES ET FAIENCES

388 — Théière en terre de Boccaro émaillée ; monture à anse en argent.

389 — Vase couvert en porcelaine de Chine ; monture en bronze.

390 — Partie de service en ancienne porcelaine de l'Inde, comprenant une théière, deux verseuses, huit tasses et onze soucoupes ; décor de fleurs.

391 — Théière couverte en vieux Chine, fond capucin à réserves, bol, onze tasses et onze soucoupes, porcelaine variée de Chine.

392 — Groupe de quatre personnages sur un socle en ancien biscuit de Locré : Le Concert.

393 — Paire de porte-bouquets, porte-huilier et ses burettes en ancienne faïence et un flambeau en stuc.

394 — Cruche en grès, chope et pichet en ancienne faïence.

395 — Quatre assiettes et un compotier en ancienne porcelaine de l'Inde et une assiette en Vieux Japon ; décor à fleurs.

396 — Cuvette en ancienne porcelaine de Chine ; décor à fleurs et oiseaux.

OBJETS DE VITRINE

MINIATURES

397 — Petite bague en or, le chaton fait d'un camée : Tête d'homme barbu.

398 — Petit poignard et agrafe en cuivre doré, enrichi de pierres. — Lorgnette en écaille et cuivre doré.

399 — Montre en argent gravé, ornée d'un médaillon en émail peint. Epoque Louis XIV.

400 — Montre en argent repoussé à personnages ; écrin en chagrin. Epoque Louis XV.

401 — Montre en argent à double-boîtier repoussé, à décor de personnages. Epoque Louis XV.

402 — Montre en or gravé. Epoque Louis XVI.

403 — Montre unie, cadran solaire gravé et deux breloques en argent.

404 — Boîte ovale en argent gravé et doré, ornée sur le couvercle d'une miniature : Portrait d'homme. Epoque Louis XVI.

405 — Tabatière oblongue en ivoire sculpté, à décor d'enfants en bas-relief. XVIIIe siècle.

406 — Petit amorçoir en cuivre. — Écrin simulant un livre en maroquin rouge, orné de dorure.

407 — Groupes, figurines, masques en buis ou ivoire sculpté. Travail japonais. Sept pièces.

408 — Médaillon en biscuit de Sèvres : Louis XVIII, et petite coupe en émail de Canton.

409 — Boîte ronde en écaille brune posée or.

410 — Éventail à monture d'ivoire sculpté, ajouré et peint, du temps de Louis XV; feuille peinte à sujet galant.

411 — Sous ce numéro, qui sera divisé, seront vendues par lots environ trente miniatures des XVIIIe et XIXe siècles : Portraits d'hommes et de femmes.

OBJETS DIVERS

ARGENTERIE

412 — Lot de verrerie ancienne, comprenant des carafons, verres, porte-huilier et moutardier.

413 — Vase porte-bouquet en verre coloré ; monture en argent.

414 — Petit plat en cuivre repoussé et argenté. Ecritoire en nacre et cuivre doré de la Restauration. — Boîte ronde en métal peint au vernis. — Tableau reliquaire en nacre gravée et filigrane de papier.

415 — Cafetière en argent. Commencement du XIXe siècle.

416 — Moutardier couvert à anse et piédouche en argent ; décor de feuilles et godrons. Epoque Louis XIV.

417 — Pendule de forme contournée en bois de placage, ornée de bronzes. Epoque Régence.

418 — Bas-relief en cire, d'après PRUD'HON, figures allégoriques symbolisant : *Les Saisons*.

GLACES EN BOIS DORÉ

MEUBLES ANCIENS

419 — Glace dans un encadrement de bois découpé sculpté et doré. XVIIIe siècle.

420 — Glace rectangulaire dans un cadre en bois sculpté doré, à fruits et feuillages. XVIIe siècle.

421 — Glace dans un cadre en bois sculpté doré à fronton, à feuillage et palmette. XVIIIe siècle.

422 — Table de toilette en marqueterie de bois de rose, ornée de bronzes. Epoque Louis XV.

423 — Vitrine ouvrant à deux portes avec tiroir inférieur en marqueterie de bois de rose, ornée de bronzes; dessus de marbre. Epoque Louis XV.

424 — Petite commode, forme demi-lune, à trois tiroirs et portes latérales en bois de rose et filets; dessus de marbre. Epoque Louis XVI.

225 — Objets omis au Catalogue.

www.ingramcontent.com/pod-product-compliance
Lightning Source LLC
LaVergne TN
LVHW020424230826
846091LV00004B/1407

* 9 7 8 2 3 2 9 3 9 3 5 7 5 *